俱是看花人

李叶飞 著

CTS | 湖南美术出版社
全国百佳图书出版单位
长沙

代序
离植物更近的生活

在过去的几年里，我的手机屏保图一直是一张单瓣栀子花的照片。这张照片的摄影师就是李叶飞。

我的手机里还保存着他拍摄的几张竹子的照片。我有两次跟好朋友说，这是我见过的最美的竹子照片，没有之一。毫无疑问，李叶飞是个摄影高手。

一转眼认识李叶飞已经 6 年多了，但知道他的名字已有 15 年。记得是 2018 年 5 月，我去浦东碧云社区找他喝咖啡聊天，第一次见到真人。那天他说打算搬去杭州良渚，为了过上有院子的生活。得，还想着同在一个城市可以多碰面呢，却又离得远了。

见面之前，他正处于他的《氧气生活》时代。有好几年，在上海的朋友们经常谈及这本相当有个性的杂志，李叶飞就是杂志的创办人和主编。看杂志的气质就能看出主编的气质，看出他对审美和文化细节把握的能力，这是我去浦东找他的原因。

有一段时间，我跟李叶飞在微信里兴高采烈地谈一起做本书，主题是白色花。我说从屈原开始，白色花就是中国文人追求洁净的一种象征，诗词赋里比比皆是。我还把诗人阿垅的诗《无题》发给他：

> 要开做一枝白色花——
> 因为我要这样宣告，我们无罪，然后我们凋谢。

李叶飞赞：好诗，好主题，搞起。

这本书至今还在缓慢推进中。先面世的是另一本，也就是大家拿到的这本《俱是看花人》。

李叶飞的文字感觉也非常好，有一种特别的松弛感。他的植物随笔知识点极多，有科学，有历史，有生活，还有故事。有些时候你会感觉叶飞很像是西方的那种植物猎人，游走世界，到处发现植物的新奇。不过他其实是典型的神农后裔，在诸多的见识里，他总是显露出专业吃货的特质，这就很中国人了。

李叶飞爱四处溜达，拍花写植物，都是在践行他所热爱的生活，一种离植物更近、更亲切的生活。

我也很喜欢这样的生活。植物生活应该是我们所能拥有的最美好的生活，而如果像李叶飞一样，有个自家的院子就更好了。

李叶飞是绍兴人。因为绍兴的历史人文底蕴，我把绍兴称为"圣城"。中国历史上最有生活情趣的人物之一张岱也是绍兴人，尽管他的祖籍是四川。

张岱在杭州度过了极其任性的半生，让后世的人羡慕不已。他说："人无癖不可与交。"这影响了后世的择友标准。他爱好众多，喜欢到处看花，种很多花。张岱晚年很穷，搬回了家乡绍兴，搞了两处书房，一个是梅花书屋，一个是不二斋。他在梅花书屋里种了巨大的牡丹，每年开花数百，而不二斋更是月月都有花香。

莫名其妙地，我觉得李叶飞跟张岱有点像。

杭州的老友老金，很多年前搞了一个拍天空的摄影群，我把李叶飞也拉了进去。

群里拍照厉害的人很多，还有比李叶飞在专业上更加厉害的植物学博士。很多年来，这个群一直有种活力和友爱，有公众号运营的打赏收益，都捐赠给甘肃民勤那边坚持种梭梭树改良戈壁的朋友。

一年四季都是如此。这帮人拍了很多年的天空和云朵，到现在还没有疲倦。我不知道是为了什么。海子写过"天空一无所有／为何给我安慰"，大概这不是用现实理由可以解释的事儿。

老金热忱，组织过好几次群友聚会，都在杭州，四季都有。无论什么季节，聚会最终的压轴节目都是看花，哪怕已是午夜 12 点。

好几次李叶飞也去了。夜里春雨霏微的太子湾，樱花落英满地，碧桃正灿烂；秋天乌龟潭的桂花暗香袭人；白鸟村的春宴以及长安沙岛上的油菜花，每一路都少不了植物达人们的讲解。这一群性情朋友，也都是李叶飞的铁粉。

几次群友聚会游，他们都会看花，这就很合本书的主题：俱是看花人。

陈垦

目　录

仿若吃河豚

在鲍勃·马利博物馆（Bob Marley Museum）的院子里，见到好几株挂着红色果实的大树，树长得高，看不清楚果的样子，很好奇那是什么。其中一株离得近，树冠压得较低，勉强看清了挂着的果，莲雾嘛。金斯顿气候炎热，又刚刚在人挤人的博物馆听了一通雷鬼音乐，特别渴望清凉，莲雾清爽多汁，可望果止渴，是此时脑海中浮现的最恰当的水果。

"这种水果在牙买加叫什么？"我问陪同的夏浦先生，他是本地蓝山的咖啡农场主。

"Ackee fruit, Jamaica's national fruit.（阿基果，牙买加的国果。）"没想到莲雾是牙买加的国果。但是夏浦又说生的阿基果有毒，要等到果完全熟了，自动裂开，才能取里面的果肉来吃。这么一说，再看看这种树，毫无疑问，这种牙买加的阿基果不是我所知的莲雾（wax apple）。

◀ 鲍勃·马利博物馆的一棵高大的阿基果树，红色的果实远看似莲雾，近看才发现完全不像依据这个名字查了一下，果然，除了外形与莲雾有点像，其他的形态完全不同。阿基果虽然是牙买加国果，但并不是牙买加的原生植物，原产在西非地区。关于它的名字来源有几种说法：一种是 Ackee 一词为玛雅语，蜂蜜的意思，因为开花的时候能吸引大量蜜蜂前来采蜜，这种说法出现在有限的中文资讯中，其实在西非这种植物就被叫作 ankye，读音类似；还有一种说法是，18 世纪末，英国的威廉将军将这种植物引入牙买加，当时他乘坐的那艘船叫"Ackee"号。

多年后，我在翻阅一份邱园诺斯画廊的资料时，才知道这位威廉将军在英国历史上非常有名。他多次参与邱园的经济作物引种计划，其中最为著名的一次，便是从太平洋上的大溪地运送一批面包树苗给西印度群岛的农场主，作为粮食作物种植，解决当地的饥荒问题，结果在大溪地时激起了一场军事哗变，这便是史书上著名的"Mutiny on the Bounty"，也就是"赏金兵变"。这一事件被多次拍成电影，有 1935 年克拉克·盖博主演版、1962 年马龙·白兰度版，电影中文名叫"叛舰喋

▶　上：阿基果成熟的标志是果皮裂开，此时会露出三粒黑色的种子，种子下面就是可以吃的"果肉"（乳白色的假种皮）
　　下：在酒店吃到的一盘"Ackee & saltfish"，看上去像西红柿炒蛋炒咸鱼

血记"，之后还有过翻拍。跟面包树一样，阿基果也是应种植园主的需求，从西非引入牙买加，采收的果实作为奴隶的日常食物。最早将西非的阿基果带入牙买加的，并不确定是不是威廉将军，但第一个将这一植物带到英国的确实是他，阿基果的学名是 *Blighia sapida*，属名 Blighia 便是为了纪念这位颇有争议的威廉·布莱（William Bligh）。

据说美洲奴隶经过三代人才习惯以面包树的果实作为食物，而阿基果作为奴隶的食物又是有毒的，特别是生果，绝对不能食用，误食会呕吐、癫痫，小命不保，只有完全熟了的果实才能吃。发生过一桩较为有名的阿基果中毒事件：2001 年，海地灾民争食阿基果充饥，导致五十人误食未成熟的果肉而中毒死亡。

正如夏浦先生所介绍的，阿基果成熟的标志是果皮裂开，这个时候会露出三粒黑色的种子，种子下面有我们称之为果肉的乳白色假种皮，此时的果肉基本上无毒，或者说微毒，拿来食用没什么问题。一般不会生吃，而是拿来做菜。牙买加人把它与咸的鳕鱼一起做菜，菜名直接就叫"Ackee & saltfish"，这道菜是牙买加国菜。

在各种牙买加旅游的宣传册中，都会提到这道菜，说是离开了牙买加，你绝对不可能在别的国家吃到它。

我深深后悔没有在夏浦的咖啡教室品尝那份甜点，那天有好几种牙买加特色的甜点，有用红色的大香蕉做的，也有以番荔枝、百香果之类为馅的，其中一份是用一种我从来没听说过的水果和咸鱼一起做馅，我一听就失去了食欲。水果和咸鱼，哈哈，比如苹果和带鱼做一道菜，你想吃吗？再比如猕猴桃和秋刀鱼肉做的酱，关键它还是配咖啡的甜点，简直是伸手不见五指的黑暗。

终究我还是吃到了这道黑暗的"Ackee & saltfish"，也见识了完全成熟的阿基果。

从鲍勃·马利博物馆出来，去戴文（Daven）大宅吃据说是牙买加最好吃的冰激凌，几乎所有牙买加旅行宣传都会推荐这个地方。戴文大宅是一个精致的商业区，是富人们来的地方，安保很严。我看到一棵树上有一株附生的兰花正值花期，拿出相机来拍照，很快就有保安上来阻止。

宅子对面有一片空旷的草坪，草坪的前方有大树，远远看去，树上挂着红色的果实，我推测那就是阿基果。此时大风，我朝大树走去，想碰碰运气，也许有果实被吹落下来。果然，地上有不少阿基果，都是完全成熟而且裂开的，露出了三个连着奶黄色果肉的黑色大种子，当地人的形容就是"像人打哈欠露出牙齿"。

吃完冰激凌，行程转往牙买加北边的海滩，入住度假酒店，这也是我们蓝山咖啡考察行程的终点。酒店有自助餐，我见到了"Ackee & saltfish"，义无反顾来了一份。

"Ackee & saltfish"看上去像西红柿炒蛋炒咸鱼。阿基果肉吃起来像什么呢？质感像豆腐，但没有豆腐的那种丝滑，还有一个形容是像猪脑，这样说也许感觉不那么舒服，但的确更精确一些。虽然它的种名sapida有咸味的意思，但它本身没什么特别明显的味道，风味主要还是来自咸鱼和其他的配料，除了西红柿，还有洋葱。

问了一下在准备餐食的服务生，这样子是不是还有毒。她说，阿基果在入菜前还需要用盐水和牛奶煮至半熟，或者要用黄油煎一下，也不是说这样处理过就能保证完全无毒，可能还是会有些小毒，只不过对人无害，可以放心大胆地吃。

这有点像吃什么呢，在心理上，像是吃河豚，就冒着一点点风险，要相信厨师今天心情不错。

斑兰蛋糕

没想到在新加坡买斑兰蛋糕的人会那么多，若是离境前在机场购买，到了下午还会缺货，特别是在 T1 航站楼，因为机场的大花园星耀樟宜就在那儿，人太多，卖得更快，所以有人赶在登机前又跑去 T2 购买。

日本有一个巧克力品牌，叫白色恋人，主要面向游客，在机场的商店柜台，把商品堆高，铺满店门口，视觉冲击力大，离境客人看到了，总归会买上几盒，正好把剩余的日币用掉。几年之后，这种巧克力竟然成了日本旅行必备的伴手礼，去日本旅游回国时一定要带上几盒，送人完全不会有错。

新加坡的斑兰蛋糕虽然没有将商品堆高营造效果，但已经差不多成为"白色恋人"，只是我至今不知道它的牌子，记忆点完全只在斑兰上。相对来说，白色恋人成为日本的伴手礼毫无道理，但斑兰蛋糕成为新加坡的伴手礼完全合乎逻辑。

斑兰应该就是新加坡的特产，或者放宽一点说，是东南亚的特产。但斑兰是什么，连常去新加坡的同行也说不清楚，只知道是很有新加坡特色的一种植物，在新加坡的很多美食中会用到。我也不纠结，人都到了新加坡，总能搞清楚。

有一天早上，去逛福康宁公园。这个公园就在市中心的一座小山丘上，有一些历史纪念地并修建了几个小花园，其中一个叫香料园（Spice Garden），我就直奔那里。里面种了肉豆蔻、豆蔻、蒌叶之类的香料，都有标牌，有简单的介绍。若热爱东南亚美食，抵达新加坡，先来这里一趟，了解一些本地植物，再看到那些黑暗料理式的酱料配方时，心情便会明亮许多。

偶然看到一块介绍植物的牌子写了 Pandan Leaf，还配了两张图，一张图是植物的叶子，另一张图是一块绿色的蛋糕，这不就是斑兰蛋糕嘛。对照图片，牌子的边上种的一大片植物应该就是 Pandan Leaf 或者说斑兰，这种植物长得不高，草本，叶如甘蔗叶，或者如宽一些的茅草叶，长剑形，非常眼熟，让我想起东南亚美食中常用的香兰叶，也在新加坡很多地方见到过。

我还在空气中闻到了一丝淡淡的糯米香，或者说是糯米粽子的清香味。几天来对这种香味已是非常熟悉，在新加坡四处逛，走着走着，一阵风来就能闻到。在南部山脊徒步的时候，在很长一段路上都有这个味道，我还问同行的人，也都说有闻到。现在想来，那就是斑兰叶的味道。看来斑兰在新加坡是一种很普遍的绿化植物。

我扯了一小片叶子尖，用手指将它碾碎，闻了一下，竟然没有香味，只是普通的青草。隔了一会儿再闻手指，哇，好闻的粽香。看来它需要与空气接触一会儿才会散发香味。而且这个香味残留在手指上，持续了大半天。

牌子上也标注了学名 *Pandanus amaryllifolius*，有拉丁名就容易确定植物。Pandanus 就是露兜树属，属名来自马来语的 pandan 或 pandang，意为"惹人注意的"，也就是很常见的意思，读音与"斑兰"近。这个属下有一种我比较熟悉的植物——露兜树，在西双版纳和海南都见过，在热带的海边经常看到。我对它的果实留有印象，很大一个，像是很多香蕉合成的球形，也像个地雷，有些奇特，成熟了是橘红色的。它的树干上还会长气根。当地人说露兜树的嫩芽可以吃，可见这个属的植物都有

▼ 福康宁公园香料园里见到一棵巨大的雨树，树上布满了蕨类植物、凤梨和兰花，树下则是一片斑兰，风吹过能闻到糯米香

美食方面的潜质。

Pandanus amaryllifolius 在《中国植物志》上写作香露兜，也有叫板兰香的，这个板兰应该就是斑兰的另一个写法，名字都带香，可见香是它的特色。书上介绍它说"叶有粽香，磨碎加米中蒸食"。

再细查其他资料，发现这个香露兜在新加坡甚至整个东南亚都很有名，很多美食里都有它，比如椰浆饭、叻沙、娘惹糕点。有些人家煮饭时一定要放一片香露兜的叶子，煮出来的饭又软又香。这与香兰叶的用法几乎一致。还有东南亚菜里的香兰叶鸡，用的应该也是斑兰叶，或者说香露兜叶。

我在新加坡的机场最终还是买到了斑兰蛋糕，不过并没有吃出粽香来。看了包装上的介绍，只说蛋糕的绿色来自斑兰叶。所以，没有理由卖这么好啊。

两年后，在海南的一个热带花园里，我得偿所愿，尝到了斑兰的粽香。花园有植物研究所，栽种各种热带经济作物，除了各种香料植物，还有香豆荚、可可、咖啡，也有斑兰。花了大半天时间逛完，最后坐到花园里的一家冰激凌店休息。店里提供各种口味的冰激凌，其中就有一款斑兰冰激凌，淡绿色，有淡淡的粽香，好吃极了。

粽子叶

从小吃的粽子都是用大大的竹叶包的，直到现在也是。竹叶有一股特有的清香，没有这清香味的粽子，吃着就挺无所谓的，肉粽就是糯米裹了酱油肉，红枣粽不过是糯米裹了几粒红枣，赤豆粽不过是糯米混了赤豆，用个包装盒子一装即可，若是喜欢特定的形状，三角粽用三角模子，四角粽用四角模子，什么形状都行，没什么特别，很无聊。

粽子一定要裹大竹叶！

这种大竹叶，我们那儿就直接叫粽叶。它的来源，我一向不知。父母在农贸市场上买的叶子，没有包装，用细绳子扎起来，一叠五十张或一百张。

关于这种竹子，以及它的正式名字，我寻了很久。

江浙一带的农村，竹子很多，即使我所住的平原地带，房前屋后种不了蔬菜的角落地块也会种上一种竹子，我们叫淡竹。清明前后挖淡笋吃，偶尔冬季挖鞭笋吃，四五年的老竹子伐了作为晾衣竿，其余就没多大用途。还有就是竹林下可以散养鸡。竹叶也小，一指的样子。

在我们村能望见一座山，叫金帛山，和村里稍有点距离。山上也有竹子，是那种细而韧的竹子，竹节修长。小时候走很远的路去山里，挑特别直的竹子，砍来做钓鱼竿，竿子晾干后是金色的，我们叫它金竹。它的叶子和淡竹一样，也不过一指的大小。

学校组织春游、秋游，去过更远的山，叫马鞍山，见过粗大的毛竹，但是叶子也还是一指大小。所以，我从来没见过活着的包粽子的大竹叶，故而对此充满想象：这么大的叶子，该是多大的竹子啊。每年吃粽子，都有这番好奇。

第一次见到活着的粽叶，是去浙南的龙泉采访，写青瓷专题。有朋友推荐去山里看一方泉水，他们准备装罐，做专门的泡茶水。上山途中，突然看到巨大的竹叶，大跌眼镜，那竹子完全没有竹子的样，高不及腰，一身大叶子，都看不到竹竿，拨开来看，竹竿细如筷子。我原本以为至少得腰这般粗的竿才配得上这般大的叶子。那一丛一丛的大叶子小竹子，长在山坡路缘，摧毁了我童年、少年时期对这种竹子的一切想象。

这种竹叫箬竹，叶子自然就叫箬叶。回想一下，它们不仅用来包粽子，还出现在斗笠上，编成斗笠的竹格子有里外两层，中间层就是箬叶。

那一年才得到了箬竹这个答案，又有另一件事让我大跌眼镜：裹粽子用的竟然并非都是竹叶。那年端午前，在上海的世纪公园里看到一位老太太在扒拉芦苇叶子，扯来叠得整整齐齐。上前问她要芦苇叶子干吗，她说包粽子。我震惊了：原来不是全国各地都用箬叶包粽子。特别是在北方，竹子不常见，更不用说箬竹了。

周作人提过在北方包粽子的箬叶难得。他在写给香港友人鲍耀明的信里说："昨方寄一信，奉托糯米，初意在旧历新年仿故乡习惯拟包粽子，但现在竹箬（箬）既然难得，而内人又久卧病，无人经营，为此特再上书请予撤消。……"

在旧历（农历）新年包粽子，让人疑惑吧。包粽子不是应该在端午吗？但作为绍兴人，我对这一"故乡习惯"很习惯，我们包粽子就是在春节前，与搡年糕一起，是年节大事。包好的粽子煮熟了，晾在一架一架撑起的竹竿上，满屋子都是香味。到了端午，反而没有这一习俗，而且端午天气热，煮了粽子放不久。还有，周作人要竹箬而不得大概是出于偏执吧，他在北京几十年，不会不知道北方用芦苇叶包粽子，但用竹叶才是故乡习惯。

即使周作人放宽要求，换用芦苇叶，在北方的冬天也不易办到，芦苇早枯萎了。这一点上，箬竹占便宜。在南方，箬叶四季常青，而且晒干存放几个月也没关系，要用的时候煮水过一遍，依旧有清香味。

考究起来，芦苇叶裹粽子似乎更合传统。《说文解字》上说"糉，芦叶裹米也"，没说是箬叶。这个"糉"就是粽。而且也不是南方人包粽子都用箬叶。问上海奉贤的朋友，他说他们那儿也用芦苇叶，因为得来方便，河荡边一扯就是一把，还新鲜。新鲜的芦苇叶裹粽子，蒸煮的时候也一样很香。但芦苇叶有个缺点，太窄，包裹起来有些难度，两三片的宽度才及一片箬叶。这样窄的叶子要是让周作人的日本太太来操办，估计也悬。

日本传统也是做粽子的，周作人那封给香港友人的信上说"内人又久卧病，无人经营"，意思是夫人要不是生病，也是会做粽子的。

日本的粽子，关东关西还不同。关西一带裹粽子也用箬叶，认为传自中国，形制也差不多。关东地区就不一样了，用的是柏叶，做的东西叫柏饼，认为是自己的发明。两者都是男孩节吃的食物，日本的男孩节就是从端午节演变而来的。

有一年五月份，我去日本考察，正好是男孩节。在静冈见到一种季节限定的和果子，饼一类的，用一片树叶包起来，看了就觉得眼熟，类似糕点在山东也有啊。问山东朋友，果然，而且说东北那边也有。

山东人裹粽子，有人用箬叶，也有人用芦苇叶，最有特色的是"菠萝叶"（其实是"桲椤叶"的谐音）。很多山东本地人也不知道"菠萝叶"到底是什么树的叶子，见过这种树的人，又不明白为什么叫"菠萝叶"，还有人误听成"玻璃叶"。其实这是一种槲树的叶子，别名大叶波罗，也就是日本的柏叶，呈倒卵圆形，叶缘波浪形，大一点的叶子可有一手掌大，裹正常大小的粽子会有些难度，适合做饼。有种说法是煮好后揭开叶子，饼的表面光滑，有玻璃质感，于是把叶子叫"玻璃叶"，这是瞎扯，但说法圆满。

农历五六月份，东北山海关一带就要吃这种"玻璃叶子饼"，时节也跟日本的男孩节或中国的端午节接近。

还看过一个新闻，讲到安徽一带种植箬竹，采收箬叶出口日本致富，而东北一带也有"菠萝叶"出口日本，是我万万没想到的。

说到此，用什么叶子裹东西吃似乎不用那么纠结，竹叶可，芦苇叶可，栎叶也可，南方地区也有用芭蕉叶的，阿拉伯地区还用葡萄叶包饭，类似广东的咸粽。真是一叶一菩提，只是我偏爱大大的竹叶。

另，竹筒饭也好吃。

荷花茶

　　清代文人沈复在《浮生六记》里记载了妻子陈芸制作莲花茶一事："夏月荷花初开时，晚含而晓放。芸用小纱囊撮茶叶少许，置花心，明早取出，烹天泉水泡之，香韵尤绝。"

　　中国的知识分子总能想出法子让生活变得更美好。莲花茶不是陈芸的首创，元代书画家倪云林就制过莲花茶，做法还要繁复一些，方法记载在清代陆廷灿的《续茶经》里：

　　　　莲花茶：就池沼中，于早饭前日初出时，择取莲花蕊略绽者，以手指拨开，入茶满其中，以麻丝缚扎定，经一宿。次早连花摘之，取茶纸包晒。如此三次，锡罐盛贮，扎口收藏。

　　大概是因为熏一次不足以盗得荷花的香味，倪云林熏了三次，并且直接将散茶倒入花蕊中。此法虽然能让

茶叶均匀吸收香味，但每次都要摘花才能收茶，显然太奢侈。陈芸一定是花过心思的，她将茶包在纱囊里，次日直接取出，不必损荷。

另外，明代屠隆《考槃余事》也写有莲花茶的做法，与倪云林的做法基本一致。《考槃余事》是文人生活指南，同后来文震亨的《长物志》一样，是文人的案头书籍，所载之事就是琴棋书画、茶香园艺等，为明清文人所好。如陈芸这样的女子，识字有文化，闲住在家，也会翻翻此类书籍，找些雅事实践，让生活充满情趣，顺便还能讨家人欢喜。

《浮生六记》因林语堂的评介而红，陈芸用小纱囊包茶露宿莲蓬这种做法，也因此在好茶的文人中流行。

鸳鸯蝴蝶派作家周瘦鹃在一篇讲碧螺春的小文中，提到他在20世纪50年代苏州拙政园举行的一次茶会上，品尝过莲花茶。一位品茶专家前一晚用桑皮纸包了十余包碧螺春，放在园中莲池里已经开放的莲花中，第二天一早取出，到茶会开始时便一一冲泡，"起先并不觉怎样，到得二泡三泡之后，就莲香沁脾了"。

这位品茶专家大概是学了陈芸的做法，包了薄薄的

◀ 一棵白花的碗莲，就种在我院子里，若是想窨一泡荷花茶，很是方便

桑皮纸，仅一宿，一次而成。后来，周瘦鹃还写了诗，其中一句是"昨宵曾就莲房宿，花露花香满一身"。

在中国茶中，很多茶都是有花果香味的。有些茶本身具有花香，比如广东潮州凤凰山的凤凰乌龙，就有着芝兰、玉兰、柚花、姜花等花香，甚至还有咖啡香。这些香味不需要真的有玉兰、柚子花等花卉来参与调香，是茶制作完后，茶叶自己所散发的花香味。另外一些花香茶是拿花去熏的，像莲花茶这样，让茶叶吸附上花香，这样的茶一般称为香片。这样的熏法，有一个专门的词叫"窨"。"窨"字有窨藏的意思，南唐文字训诂学家徐锴在注《说文解字》时如此解释"窨"字："今旧京谓地窨藏酒为窨。"大概可以猜想，用花熏茶需要相对密闭的地方，否则花香很容易跑掉，而且可以避免杂味进入茶叶。所以，倪云林会用麻线扎上花朵，免得漏了气。

最为著名的窨制花茶为茉莉花茶，一般以绿茶为茶胚，用含苞欲放的茉莉花来窨。茶胚不同，所窨制的茉莉花茶也不一样，用龙井即为龙井茉莉，用碧螺春则为碧螺春茉莉。

用茉莉窨茶是有讲究的，就像倪云林制莲花茶一样，并不是一次就成，比如三窨一提，就是三批茉莉分三次窨一批毛茶，每次毛茶吸收完鲜花的香气之后，就筛出废花，再窨再筛，共三遍。三窨一提是基本的，还有五窨一提、七窨一提。七窨一提的茉莉花茶，耗费大量茉莉花，成本就非常高了。好的茉莉花茶香气浓郁，冲泡数次，香气犹存，不会像周瘦鹃那天喝的莲花茶，"起先并不觉怎样"，那其实是味还不够，窨的次数少了。

花茶的窨制法，有人说宋代就有了，证据是蔡襄的《茶录》，里面说道："茶有真香。而入贡者微以龙脑和膏，欲助其香。建安民间试茶，皆不入香，恐夺其真……正当不用。"说福建那里有人用龙脑香料来给茶叶提香，显然，蔡襄不提倡这般做法。但是，制茶人已经知道用茶来吸附别的香味。

真正用花窨茶的最早记载，大概就是上述倪云林的莲花茶了。到了明朝，以花窨茶的记载就比较多了，无论是《考槃余事》还是顾元庆的《茶谱》都提到了诸多可熏茶的花，如木樨、栀子、玫瑰、蔷薇、木香、橘花、梅花等，也提到了茉莉，方法已经接近现代的窨茶法，对花与茶的比例、窨的次数等都有说明。李时珍在《本草纲目》里说得简单直接："茉莉可熏茶。"

但是直到清朝，花茶才作为商品大行其道，以花窨茶的方法也非常成熟，特别是福州，有大规模的茶作坊，专门窨制茉莉花茶。《茶谱》提到的用陶罐一层茶一层花的方法做不出量，人们就开始用箱篓窨茶。当时福州长乐帮茶号窨制的茉莉花茶在北方非常有名，逐渐成为茉莉花茶的标准。北京人喝茉莉花茶讲究"京味"，说的就是福州茉莉花茶的味道。

与福州茉莉花茶竞争的有苏州茉莉花茶，它同样历史悠久。至今，茉莉花茶还是以福州、苏州产的为主。广西横州市的茉莉花茶也很有名，原因是当地是中国最大的茉莉花基地，因此带动了茉莉花茶的发展。

现在做花茶都已经机械化了，没有了文人气。但是明朝那种花茶的做法，依旧可取："摘其半含半放，蕊之香气全者，量其茶之多少，摘花为伴。花多则太香而脱茶韵，花少则不香而不尽美。三停茶叶一停花，始称。假如木樨花，须去其枝蒂及尘垢、虫蚁，用磁罐，一层茶一层花，投间至满。纸箬絷固，入锅重汤煮之，取出待冷，用纸封裹，置火上焙干收用。"

方法很简单，各种香花只要无毒都可以，但是花一定要干净，比如说木樨花，也就是桂花，要去尽枝蒂，更不能有虫蚁，避免杂味。最后罐子需要蒸煮一次，再焙火，或稍嫌烦。但比起倪云林那般做莲花茶，并不算复杂。

爱茶者对于此类事情总是孜孜不倦。当年慈禧太后爱喝茉莉花茶，做法更过分一点：茶到了宫里，每次在她喝之前，还要再用新鲜的茉莉花熏一次，这叫"茉莉双熏"。茉莉花茶之所以晚清时期在北方盛行，正是跟宫里人的爱好有关，后来在京津上层官员中成为时尚。这种爱好还传播到外国驻京官员中，又流传至欧洲。当年从福州出口的茶有三类，除了红茶、绿茶，就是茉莉花茶。

还有些盗香的方法就显得有点矫情了。《红楼梦》第四十一回"栊翠庵茶品梅花雪，怡红院劫遇母蝗虫"中，提到用梅花雪水沏茶，虽然珍稀，但到底有多少不同。妙玉本人"只吃过一回"。"宝玉细细吃了，果觉轻淳无比，赏赞不绝。"但是黛玉品不出妙玉的梅花雪水，以为是"旧年蠲的雨水"，还被妙玉嘲笑："你这么个人，竟是大俗人，连水也尝不出来。这是五年前我在玄墓蟠香寺住着，收的梅花上的雪，共得了那一鬼脸青的花瓮一瓮，总舍不得吃，埋在地下，今年夏天才开了。我只吃过一回，这是第二回了。你怎么尝不出来？隔年蠲的

雨水那有这样轻淳，如何吃得！"

这梅花上的雪水究竟能盗得多少梅花香不好说，又放了五年，不是一般的水味，这是肯定的，黛玉说是"旧年蠲的雨水"，这个判断还比较准确可信。倒是《考槃余事》提供了一种方法，听起来更有效，也可行。还是茉莉花，"以熟水半杯放冷，铺竹纸一层，上穿数孔。晚时采初开茉莉花，缀于孔内，上用纸封，不令泄气。明晨取花簪之，水香可点茶"。

这个方法，若让陈芸看了，大概也乐得尝试。

◀ 其实难得梅花开时正好下雪，雪水要盗得梅花香也难，放久了毫无疑问如"旧年蠲的雨水"

紫背天葵

买过一把背紫面绿的叶菜，炒了一小盘，气味弄人，吃得感动，潦草完事。

洗碗的时候，在洗菜池捞出来一根，不知是怎么落下的，觉得挺好看，就随手插在牛奶瓶里。第二天，见它还挺精神，看茎的气质像是能生出根来，就把它正儿八经地种地里去了。没想到，还真的活了。大半年过去，长了好大一丛。冬季，地里萧条，就它长得生动。

超市的牌子上写它是"紫背天葵"，像个艺名。我认识一种叫天葵的植物，是江南山里常见的山野草，几乎满山都是，其叶形如猫掌，正面绿色，背面紫色，所以也叫紫背天葵。这便混淆了起来。查《中国植物志》，会发现还不止这两种紫背天葵，另有一种秋海棠科的紫背天葵，生在南方的山野石缝、山坡林下。若以《植物志》为准，秋海棠科的紫背天葵才是正品，我又偏偏没见过。

超市卖的紫背天葵原来是菊科植物，难怪有气味。《植物志》上它的正式名字是狗头七，我哈哈大笑，这像是混丐帮的名号，现如今在城里讨生活，翠花得改叫翠茜，狗头七也要用紫背天葵之名才能行销。

我挺喜欢山野里的天葵，三月花开，白色，很小，所以入不了园艺爱好者的法眼，但叶子好看。

天葵是毛茛科的多年生植物。这个科的植物大多有块根，比如芍药、花毛茛。天葵也一样，但它的块根长不太大，入药得名天葵子或耗子屎，也就是说这块根只有老鼠屎这么大。正因为年复一年也不见得长大，又被叫作千年老鼠屎。有一年早春，与爱花的朋友巡山，见天葵正盛开，朋友推荐说，找一棵块根大一些的，让它的根露出盆面，从上面长出枝叶，风中摇曳，白花点点，很仙。于是蹲下来看。四周都是天葵，虽说是杂草，也不能一株株拔了看根。它长在松软的腐叶土里，朋友告诉我，只要用手指往根部一探，就知其大小，再决定可取不可取，果然是有经验之人。

我取的那株天葵根有大拇指头这般大，种在一个小小的民国绿紫砂盆里，置在案头，颇为雅致。我没事就细细打量它。整个三月，它的小碎花盛开不断，花谢花落，桌板上总是白花点点。天葵的白花，其实是花萼，五片。有一天盯着看，有些入神，发现花萼也并非纯白，

晕着一些淡紫，与同科的银莲花一样，远看白花但近看总有些紫色。它的花朵总是低着头，所以很难看到它那明黄色的花瓣。花瓣又极其细微，用放大镜看才看得清楚：五瓣，叠成杯状，花蕊藏在其中。整个花型有点像水仙的金盏银台，但它实在太细小了。

花虽小，但长得动人，总有人认得，有人喜欢。唐朝的诗人刘禹锡写过它，藏在他的诗注里。刘禹锡写过两首关于玄都观的诗。元和十年春，在他被贬十年回到长安后不久，他写了一首《玄都观桃花》，"戏赠看花诸君子"："紫陌红尘拂面来，无人不道看花回。玄都观里桃千树，尽是刘郎去后栽。"这些广受欢迎的新栽桃花就是朝中新贵，是阿谀奉承的政治暴发户。嘴瘾刚过，他就被"桃花"们抓住把柄，再次被贬，流放南蛮之地十年，受尽苦难，写了一篇《陋室铭》安慰自己，"斯是陋室，惟吾德馨"。晚年，他有机会回京，又去玄都观，写《再游玄都观》："百亩庭中半是苔，桃花净尽菜花开。种桃道士归何处？前度刘郎今又来。"诗注里写，曾经千树桃花的玄都观，现在"荡然无复一树，唯兔葵、燕麦动摇于春风耳"。这里的"兔葵"就是天葵，微小柔软，

◀ 天葵花是真的小，但也长得可人，动摇于春风中

031

正是刘郎自己吧，桃花都没了，种桃花的道士也不知去向，只有天葵与燕麦一起在春风中摇曳。二十多年过去了，虽小人不在，但自己也不再意气风发，最好的时光都在流离中度过，唯有春风拂面，一丝安慰。

虽说刘禹锡仕途不顺，但颠沛的经历让他展现出才华，不仅两首"玄都观"和一篇《陋室铭》让他流芳千古，还有"沉舟侧畔千帆过，病树前头万木春"，"东边日出西边雨，道是无晴却有晴"。

人生要如何才不至于踏空呢？不同的价值观有不同的答案。对刘禹锡来说，山不在高，有仙则名，就像天葵，渺小到不引人注意，却摇曳在春风里，能布满山岗。

说回狗头七之紫背天葵，硬着头皮作为新特菜进入市场，被道尽了各种保健功效，但天然含有毒素"吡咯里西啶"。这还是那位一起巡山的朋友发来的资料，很长一段，讲了吡咯里西啶生物碱成分带来的危害。吡咯里西啶是有花植物为防御食草性动物而产生的一种次生代谢产物，简单来说，就是为了防止我们吃它们。

本来还打算把院子里那株紫背天葵修剪一番，想着可以小炒一盘，现在看来，它正释放毒素防御着你动刀，所以只能永远让它作为景观植物活着。

西洋菜

西洋菜有杏仁味。

在菜场看到西洋菜时，脑回路里突然出现这味道来，徘徊了很久，也许只有广东人能理解。我脑筋停滞了好一阵子才醒悟过来，不是西洋菜有杏仁味，是西洋菜汤里常有杏仁。好似闻到香草豆荚的香味，脱口而出这是香草冰激凌的味道。

广东有一味汤，叫"西洋菜鲜陈肾猪骨"，汤名就是主料。说一下"鲜陈肾"，这不是一个料，而是新鲜的鸭肾和陈的腊鸭肾，是两种食材，可见讲究。这里的"肾"是广东人的叫法，其实是肫。配料有蜜枣和南杏仁，蜜枣的甜味用来提鲜，这跟苏州人做菜要加一点点糖是一个思路。杏仁则是为了汤的功效。杏仁分南北，北杏仁苦而有小毒，多药用；南杏仁甜，润肺止咳，才是煲汤用的。这味汤端出来也好看，白色的杏仁在汤面上，底下是墨绿色的西洋菜。有时候会加胡萝卜，那么就是红、白、绿三色。

西洋菜是南方蔬菜，在北方的市场偶尔也能见到，年轻人买来做蔬菜沙拉，生吃会有一点点辛辣、一点点苦，不会有杏仁的联想。

听名字就知道这个菜来自国外，好比"胡"大约来自西域，"番"多数来自美洲，"西洋"则来自欧洲。有一个故事，说西洋菜是由一位黄姓商人从葡萄牙带来，之所以要带回这个菜，是因为它救过他的命。

黄生在葡萄牙的里斯本做生意，不幸得了肺病，当地政府害怕此病传染，将黄生隔离在野外。黄生因饥饿采食一种生长于浅水中的野菜，奇迹出现了，他的咳嗽竟然收敛了。几日之后，黄生的身体恢复了健康，从而得以回里斯本继续经商。20世纪30年代，黄生回广东中山探亲，带回这种野菜的种子，分给乡亲种植，很快传播到附近的澳门、香港。至于这种菜的名字，取得简单直接，澳门人称葡萄牙人为西洋人，于是就把这种从葡萄牙来的菜叫作西洋菜。

西洋菜之所以要搭配杏仁，从黄生的故事来看，都是为了润肺之效。

当年香港种西洋菜的地方在旺角，留下来一条街，名叫西洋菜街。其实那一带以前都是菜地，比如西洋菜街隔壁的一条路叫通菜街，通菜就是空心菜。西洋菜和通菜有一个共性，都是浅水植物，可以在水田里种植，生长快速。买过西洋菜或通菜的应该都有印象，在它们老一点的茎节上有白色的根须，把这节茎插在湿润的土壤中，甚至只要丢进水缸里，就能长出植株来。

香港的西洋菜街和通菜街一带，过去肯定是浅水菜田，现在则是热闹的街区。我每次去香港都要去西洋菜街，当然不是去买西洋菜，那边有好几家照相商店，我去看器材。还有不少二楼书店，是旺角的精华所在。

在西洋菜街找家餐厅点一道西洋菜鲜陈肾猪骨会不会有特别的意义？我只是突然这么一想，没在那儿吃过。一般的粤菜馆都有这道菜，只不过配料会有些许不同，有些是用海底椰代替了杏仁，有些加了罗汉果，汤偏甜，都是为了润肺止咳。不过煲汤用的西洋菜很少用鲜菜，多用西洋菜干。

干菜煲的汤，只喝汤，菜老而柴，往往弃之不食。新鲜而嫩的西洋菜像豆瓣叶，这也是它的正式名字"豆瓣菜"的由来。若是用鲜菜来煲汤，菜要后放，否则就会被煮得烂熟。除了做沙拉生吃，广东人打甂炉也常涮西洋菜，求鲜，过一下汤就能吃。

西洋菜的食用历史很久。罗马人早期将西洋菜当草药食用，治疗坏血病。后来它被当作时鲜蔬菜。因为很少有人工栽培，就像我们在春天去野外采摘荠菜、马兰头一样，欧洲人也是在春季去野外的溪流边采摘西洋菜。采摘季节不长，就一个春季。到了夏季就不再生长，因为西洋菜怕热。到了寒冷的冬季，更没有什么叶子了。

关于西洋菜的人工种植，网上可以搜到一段资料：1815 年，一位叫布瑞德·贝瑞的英国人搞了一套人工种植西洋菜的方法，他建设浅水池，设计沟渠水坝，调节水的深浅和水温，使得一年中大部分时间都能种植西洋菜。

其实西洋菜是十字花科植物，与青菜、萝卜、白菜等蔬菜是亲戚，不开花的时候看着没那个样子，一开花、结籽就会发现，果然都是一家。

紫金牛、蛞蝓和乌鸫

我把一盆四株紫金牛种在了院子荫处的地里，希望来年能生发出一小片来，到了秋冬，一地红果点点，有一小处风景。秋天，在东京的根津美术馆庭园里，咖啡馆的门口，就见过一小块长满紫金牛的坡地，贴地挂满了粒粒红果，甚是美丽。我心想，要是下一场雪会有多好看啊。

这盆紫金牛是杭州的朋友送的，说是在天目山取得的。五株连根，还挂着果，数了一下，一共有十三粒。入地种植前，我还剪了一株下来盆栽。紫金牛小盆栽也很漂亮，低矮，不到十厘米，挂了五粒红果，只有三片叶子，别致得很。

第二天早上起来，照例去院子里看。一日过去，紫金牛的叶子仍然舒展着，看来移栽并没有损伤到根系，但总觉得哪儿不对，看了好一会儿才发现，一粒红果都不见了。才一个晚上，速度真快啊。

毫无疑问，大清早，鸟来过了，饱食一餐。

冬天的鸟眼刁得很，行为也鲁莽，比如，它们会把地里的苔藓翻过来，认为我在下面埋了种子。而且它们不会对默默生长着的苔藓下手，往往是被我动过的地方，或者是新铺的苔藓，让它们有理由怀疑。比如盆栽，光秃秃一盆，铺了几小块苔藓，一定会成为它们的目标。事情的确是这样，刚种下几盆白鹭草，白鹭草的球根只有花生米大小，种得也不深，表面覆了薄薄一层土，再盖上一层苔藓保湿。不过一天，苔藓被丢得到处都是，泥土也被啄开，只好默默地把土再盖上，至于白鹭草还在不在，至今没有勇气去确认，没了又能怎么着呢。去年，樱桃树上结满了果实，它们一直没有行动。直到有一天，我觉得树上的樱桃应该都熟了，就把够得着的樱桃先采了几粒来尝，刚刚好，于是计划第二天上树把樱桃都给采了。第二天清晨，树上叽叽喳喳。我起床到院子里，惊讶地看到了一树樱桃核，颇为壮观。还有我的蓝莓，我只吃过一粒。

但有失也有得，虽非等价交换。比如，墙角长出来几株阔叶十大功劳，应该是鸟的功劳。还有桂花数株，罗汉松、冬青、樟树就更多了，当然这些都不是我要的。

◀ 山里的朱砂根，与紫金牛同科属，果实挂好久，入冬还在，不像院子里种的，没几天就被鸟啄得一粒不剩倒也并非都无价值，初生的阔叶十大功劳就很好看，一开始我还没认出来，没有主干，大大的几片叶子散开来，很可爱，长了好多年，还是小小一株。本以为实生的桂花树少见，但花盆里自然就长出一株两株来，很奇怪，往往长在被弃于墙角而不用的花盆里。花盆装满泥土，长过杂草，常被鸟儿糟蹋，我推测有可能在这种边角旮旯地常见蜗牛、蛞蝓之类，吸引鸟儿来光顾，它们于是也顺带拉一些带种子的鸟屎。

蛞蝓，在我看来就是没有壳的蜗牛，绍兴老家叫它赤膊蜒蚰螺。它们白天不见，晚上出来，到处爬，留下白色的鼻涕痕迹，所以也叫鼻涕虫。有时候晚上搬花盆，常一把捏到，滑腻的液体沾一手，超级恶心。这种液体还很难洗掉，只能刮下来。比较喜欢吃蛞蝓的是鸫科的鸟，比如常见的乌鸫。但是蛞蝓怕光，所以到早上就藏起来了，躲在花盆底部，或是石块下面，乌鸫想要吃到它，需要起个大早，要不然就得大动一番干戈，把一切盖着的东西都翻起来，包括松松的苔藓层。有一次我把一块松软的苔藓扯起来，下面竟然真的有蛞蝓，所以鸟儿乱翻花盆、在地里乱倒腾一事，也不能怪鸟，要怪蛞蝓。而且地里很有可能还有蛴螬这样的虫子，它们长得像小一号的蚕宝宝，喜吃种子和植物的根茎，这种虫子也是鸟的最爱之一。

总之，这些鸟真要是为虫子而来，吃点果子，顺带挖点种子，也就算了。我的确很讨厌蛞蝓，更不喜蛴螬，两害相权取其轻，也就不在院子里搞那些捕鸟赶鸟的神器了。

有一点很奇怪，紫金牛在天目山长得好好的，山里环境好，鸟也多，那么多果竟也没被吃掉，到了城里，一日的辰光就都不见了，是因为城里食物太少，鸟普遍饥饿吗？可我院子里有太多的蛞蝓了。也许对鸟来说，住在城里，大鱼大肉吃多了，水果更稀罕，两利相权取其重。

如此判断，有一点可以确认，我是没有机会见到一地的红果的。

金樱子与荼蘼

在杭州植物园里见到一种重瓣的金樱子，花径有近十厘米，花朵盛开似凤丹，我是第一次见到。《中国植物志》上写，这种植物只在江西浮梁一带有分布。

浮梁，顾名思义，"木材浮于此"，现在属于景德镇市。景德镇烧瓷需要大量木材，而浮梁一带水利便捷，可通达古徽州一带，又处于下游，方便木材汇集此地。但在唐宋时期，浮梁的盛名并不是这个原因，白居易脍炙人口的《琵琶行》中有一句"商人重利轻别离，前月浮梁买茶去"，当时的浮梁是著名的茶叶产区。即使今天，浮梁一带依旧产茶，但名茶产区绕着浮梁半圈，北有祁门，盛产红茶，东边则是徽州系列绿茶的著名产区。

去过景德镇多次，也去过祁门，古徽州之婺源、休宁、屯溪常去，就是没踏足浮梁。此时，要真心感谢植物园的功德，从浮梁引来这一罕见的植物。

▶ 　上：重瓣的金樱子，花朵近似凤丹，花径十厘米，《中国植物志》写，唯江西浮梁一带才有分布
　　下：大花白木香，被认为是真正的宋代荼蘼，现科学证明它是白木香和金樱子的杂交种

普通的金樱子常见，四五月份进到山里，会发现它们与野蔷薇一起盛放，到处都是。金樱子的花五瓣，不像大部分蔷薇属植物，花朵稍含而呈杯形，它的花大而平展，露出金黄色的花蕊，算是漂亮的蔷薇植物，却极少在园艺中见到，没有被驯化。大概是被它扁而弯的皮刺吓住了？但是同属的玫瑰、月季、蔷薇、缫丝花也都有刺。又或许是因为金樱子的植株过于大型，不适合庭院？但木香花比金樱子更为大型，甚至有十几米的枝条。

总之，金樱子是被人忽视的，至今只属于山野，在向阳的山间、田野取势铺展开来生长。到了谷雨前后，蓬蘽、山莓、覆盆子果实成熟，它恰好盛开，花期长，开在整个春末夏初。

不过，金樱子也许早已混迹于园林植物之中。宋代文人最爱的荼蘼花，曾被认为是悬钩子属的空心泡重瓣变种。我养过一棵，从花香及植株形态上看，与诗文记载之荼蘼相去甚远。但有一种叫大花白木香的植物，各项特征与古诗文的记载最为接近，一颖三叶、藤本、白花、单生、大朵千瓣、花有香味，现代科学研究表明，大花白木香为木香花和金樱子的杂交种。如此一点拨，再去看大花白木香，就会发现很多金樱子的影子，比如有点点革质的叶子、大花。

谁也没想到，"开到荼蘼花事了"之荼蘼，竟然有着一半的金樱子血统，那个被以为从来没有跨入庭院的植物，其实早就走入了园林，为诗文所偏爱。

另，金樱子的果子很好吃。小时候夏秋季节去山里玩，常采来吃。我们把金樱子的梨形果子叫作小酒壶，就是因为它的形状。也有的地方叫它金罂子，罂就是缶，口小腹大的罐子，金罂子就是说果子成熟后像金色的罐子。金罂子像是这个植物最初的名字，后被写为金樱子。

金樱子果的表面都是毛刺，徒手即可抹去，掰开后，要去掉里面密布的籽和毛，吃的是果皮，酸脆，有些甜。在山里口干舌燥的时候，摘几个尝尝，还是挺爽口的。这果子也是山里人最常用的泡酒果实，因传有固精缩尿之效而被偏爱。

▶ 金樱子花后的样子，看它的花萼，标准蔷薇属特征，五个萼片，其中两个和另外三个不一样。金樱子的果成熟后可以吃，酸甜

两个穗子

有个朋友开了一间花店，店里常有一些好玩的小草切花，便会推荐来，让我种上一棵。她推荐我种小判草，那种焦急的心态是：我要是不种，人生就不完整，要是到了它开花结果的时期，我还不能拥有，快乐就会消失一份。有些植物，她提了好几次，要是我还没养，就说要送我。

有一天她问，小判草养了吗？这已是第三或第四次问，幸亏我已经种下了，终于没有托词，可以自信满满地回复一个肯定的表情包。

春天种下，初夏长出来穗子，像水稻一样。禾本科的植物并不赏花，而是看整个穗子。稻花香里说丰年，却很少有人见过稻花，直观可见的其实是从穗子边缝隙里挤出来的一些白白的花。小判草也是这样，似稻穗，只是穗子比稻穗大许多，也没有稻穗那般沉甸甸，它薄薄的，一片一片，到了秋天，薄片呈金黄色，形似日本

▶ 凌风草抽的穗子饱满，看着像是充满了种子，的确，等熟了，捻开来随手撒到地里，第二年能长出一片苗

古货币小判，于是得名小判草。

一开始没想着要种小判草的原因是，它是原生北美的植物。我很少种外来植物，不是说担心它逸生、蔓延、入侵之类，而是因为原生中国的植物还种不过来呢。但是老实说，这个小判草还是挺有东方风味的。

比较担心的是，这一小丛草会不会很快扩展成很大一丛。我是入地种的，买来的时候一盆已经快撑爆了，地上种一年，不知道会占据多大地盘。还有这么多穗子，不知得产生多少种子，会不会搞得满院子都是？

小判草长出穗子，可以持续整个夏季，观赏期很长，入秋变黄后，"秋风吹还有沙沙声"，这是朋友的原话，所以到了秋天，她又问："你听到风吹的沙沙声了吗？"我说："没有。"

"那你再听。"

所以，秋天有风的时候，便有了听小判草沙沙声的习惯。

还有一种类似的草也是她推荐的，样子比小判草肥一些，且是一年生草本。我不喜欢一年生的植物，所以她提了好几次，我都没有动心。有一次见面，她突然塞

◀ 小判草的穗扁扁的，的确种子也少，不过穗子可持续时间很久，入秋变铁锈色，风吹沙沙响

给我一盆草，说是肥胖版的小判草，得养一个。

因此，小判草之后，又有了"胖判草"。这植物名银鳞茅，抽穗比小判草要早，穗子一出来便是绿油油、胖乎乎的，像是结满了谷子、麦子，让我很担心它的种子会太多。穗子熟了之后表面会有银色质感，哦，所以才叫银鳞茅。

银鳞茅也是外来植物，原生地欧洲，禾本科的凌风草属。

朋友种了一年后，这个植物突然枯萎了，她没有收种子，还以为就没了，结果第二年，隔壁的花盆里，边边角角到处都是小青草，她推测是银鳞茅，于是顺手挖了一些给我。

我最怕的植物就是那种不守规矩的，要么地下茎到处走，要么种子撒得到处都是，随处乱长，人稍一懒惰，它便失去控制。对于这类植物，我很是抵触。

但好在这个银鳞茅长出来的穗子可可爱爱，便也接受了。只要最后穗子成熟的时候把它收拾干净即可，然后留一两个种子，开春再播。

它的观赏期没有小判草久，夏季还没过去，穗子就老了。我收了穗子，捻开来看，竟然一粒米都没有见到。

也许种子很小？所以我又把碾碎的穗子撒到地里去，来年有没有草全看运气，也可能跟朋友一样，角角落落长满青草。

有个疑问：禾本科的穗子那么好看，为什么没见人盆栽几棵水稻或是小麦、大麦呢？一盆麦子或一盆水稻，跟小判草和银鳞茅也差不多啊。还有小米、高粱，养在阳台，多酷啊，这样小朋友看了就不会五谷不分，像我这样在农村长大的大人也可以忆苦思甜。

白及之兰

白及常被写为"白芨"，是错加了草字头。白及的地下假鳞茎呈不规则的扁球形，多有两三个爪状分支，连及而生，因此有些地方叫它"连及草"，故白及非"白芨"。白及的"白"指的是它的假鳞茎和根须色白。

有些人认为白芨是正名，而白及只是中医郎中写字求简而省略的。的确，郎中最爱写简体，少一笔是一笔，比如白芷会写成白止，苍术会写成仓术，但白及就是本来面目。

种白及，依旧是受一个朋友的影响，还是那位推荐小判草的养花人。推荐白及的时候，她还没开花店，就是爱养花，对园艺植物没有兴趣，最爱山野草，这点我深受她的影响。白及是药草，她种过，觉得好，用她的说法是"可以带来快乐"，于是也叫我养。我"嗯嗯"应着，但也没下手。有一次去京都，看到一庭院门前一溜儿的白及。正是花期，淡紫色的花序在风中摇曳，心

► 红色的白及花，四五月的花期，随环境变化，花色从紫红、粉色到淡紫色不等

动了。等到秋天，在朋友有可能的再一次催促前下了单。

我是在农资店里买的白及，新鲜药材最小单位的一个订单就是一斤，于是收到一箱三叉戟般的假鳞茎，有些在运输途中断开了，黏糊糊的。这东西秋冬种下，也不用深埋，浅浅入土，开春就长出苗来，毫不拖延，当年就开花，大概是最好种的兰花了吧。

作为兰科植物，白及花当然漂亮，花开那刻，我是真心感谢朋友，她的审美有时候有些奇，剑走偏锋，但总归不错。因为有一斤白及，我沿着院子的小路种了一排，模拟了京都的那般景致。

原生的白及花是紫色或淡紫色。即使同一批白及，环境有些不同，花色便有浓淡，尤其是花瓣外面，有些紫色，有些白紫色。我虽然不喜欢园艺品种的植物，但是见了一个纯白色花的白及品种，心动了，便收了一些。那可不是农资店的药草价，一株白花白及可以买一斤原生白及。它不仅花色白，叶子还有银边，就这一点是我不喜欢的，明显多此一举。还有一个遗憾，纯白的白及开花晚。原生白及在四月中下旬，也就是暮春与初夏之间开花，这款白花白及差不多在五月中旬才开花。虽然两种白及种在一起，它们的花期却毫无关系，原生

白及已剩残花，白花白及才刚刚开放。

我推测这白花白及是从白及的同属植物黄花白及中选育而来。黄花白及的花期就比白及晚一个月，且黄花白及虽然名为黄花，其实花色淡黄，环境稍有变化，就会开出纯白的白及来。

不管它是如何而来，总之，两者的花期不在一起，却也恰好延长了一年一度的白及赏花时间。

每次与人谈论白及，最终都要讲到它的用途，我不会讲"带给你快乐"那种虚无的夸赞，只会感叹"白及是个好东西""白及全身都是宝"。

白及的用途非常广。过去有白及胶水，就是来自白及的汁水，黏性极强，无色透明，且不易腐蚀纸、帛绫、绢等材料，所以传统书画装裱用的胶一般就是白及水，历史悠久。问过一位装裱师，是否裱画都用白及水，回答是确是裱画用的植物胶水之一，但白及水有一个缺点，日后难以揭裱。

白及还有一个用途，比较有意思，不得不说。药材店里特别完整的野山参，从主根到须根，一根不断，一根不缺，这是怎么做到的？这样采挖一根山参的人工成

◀ 白花白及为园艺种，花期比白及晚。还有黄花种的白及，也很漂亮

本大到离谱。其实采挖野山参免不了断须，而断下来的须根一般会用透明的白及水来粘连，毫无痕迹——堪称完美人参。还有高级卷烟的烟条黏合，天然的白及水是最优选择。

白及水可不是只有优质胶水一个用途，药用才是它的主要用途。我的胃不好，过去做过胃镜，做胃镜是很伤胃的，所以做前需要一层保护剂，那就是白及。我还服过一款胃药，主成分也是白及。传统医书上，关于白及的药用价值常常这么写："治面上疮，令人肌滑。""洗面黑、祛斑。"这些功效，任谁看了都会想：那岂不是可以做面膜？

因有用，千百年来，白及被采挖殆尽，野生白及已极为少见，但是人工栽种的白及并不少。

白及也有个缺点，作为兰花的一种，它的花竟然没有香味。

楸花照眼明

杭州吴山中兴东岳庙有两棵五百多岁的古楸树,每年四月中下旬开花,很多人上山打卡。西湖边北山路也有一棵两百多年的古楸树,去看的人就少很多。植物园也有,虽然年份没有几百年,但是看上去跟五百年的也差不多。

我先到太庙遗址看鹅掌楸。太庙方方正正,种了一圈树,都是鹅掌楸。仔细看看,发现花色不同,有中国鹅掌楸、北美鹅掌楸和杂交鹅掌楸,若是有一个长焦镜头或望远镜,可以把这三者的花看得清清楚楚。一个小小的公园,有意集齐了三种鹅掌楸,不知是哪位高人设计,有何象征意义。过去有人问我,中国鹅掌楸和北美鹅掌楸的花、叶有什么区别,总要费好大劲才能说清楚,再加上两者杂交的鹅掌楸,语言就显得特别无力。自从发现了太庙遗址的鹅掌楸,基本上就是一句话推脱掉:"有机会到杭州旅游的话,去一趟太庙遗址,那儿有三种鹅掌楸,长得比我说的更清楚。"

鹅掌楸与楸树没有什么关系，前者木兰科，后者紫葳科，只是碰巧都有楸字，又碰巧同期开花。我进城一趟不容易，就设计了一条线路，先去太庙看鹅掌楸，再上吴山去东岳庙赏楸花，两个地方离得不远，太庙在山脚下，东岳庙在半山腰。

楸在北方较多，江南一带少见，但也有分布。要在城市里赏楸花，得去寺庙道观，就像古樟或古银杏一样，能保留下来的，基本上只在这些场所。吴山东岳庙就是南宋道观遗存。当然，两棵古楸树是明朝始栽的，南宋时原本种了什么树，不得而知。

我坐在东岳庙的围廊上，等着光线，好拍照。游客进进出出看花合影，很是热闹，不知平日里这东岳庙是否有这般人气。就像柳浪闻莺那边的钱王祠，平常真没多少人去，二月里梅花开的时候，人气一下旺起来。杭州赏梅的地方很多，但钱王祠有红墙衬托，拍出来的照片有古典气息。

东岳庙的两棵楸树已进入盛花期，巨大的树上开满淡红色的楸花，时不时坠下一朵两朵，落下来到地上，啪嗒一声。要是有一场雨，或一场风，粉花会堆满地。

▶ 杭州吴山上东岳庙的古楸树，每年花期，很多人去看。要是人少，可听到花落的声音，啪嗒、啪嗒，一朵朵花落在地上

因树形较大，楸花落地后才有机会看清它：粉色花冠，有些泛紫，花冠内有紫红色斑点，花钟形，与泡桐花类似。这些年泡桐花热门，开花时节在社交网络上常能刷到，不过，此时白花泡桐的花期已是尾声，同期开花的还有华东泡桐，开淡紫色的花，也有些像。

最容易与楸混淆的是同科属的梓。梓比楸高大一些，花色黄白，在江南也不怎么常见，按《中国植物志》上的介绍，"野生者已不可见"。在古时，楸与梓并不太区分，常互为别名，混用。梓者，往往兼楸而言，尤其是木材使用上，几乎全部用梓代替了楸。

古人崇尚用梓木，认为木莫良于梓。他们在宅旁喜植桑与梓，是养生与送死之用。桑树养蚕并结有桑果，可经营生活，梓木为棺木，可处理身后事，两种树就把一生安排妥当。后来才有了"桑梓"之名，指故乡。

但现在桑、梓是绝对不会种在住宅附近的。桑谐音"丧"，梓器又是指棺材，任谁也不愿把与死亡相关的树木种在住家附近。

当然，梓、楸这样的木材另有大用途。我学古琴，认识做琴修琴的师傅，古琴的底板首选就是梓或楸木，面板则需要疏松一些的老木材，多用存放百年的青桐木，即所谓的"桐天梓地"。现在存放几十年上百年的青桐木难得，"桐天"的用料多用老杉木或泡桐木，但是"梓地"不变。

用"梓"组词，有一个词就是"付梓"，写作的人最为轻松的时刻就是将稿子交给编辑，编辑说"行"的那一刻，这就是付梓，意思就是稿件的交付排印，对作者来说，完事儿了。古时印刷用的雕版用木头刻成，需要用不易变形、耐用又易刻的木材，梓木或楸木恰好，所以交稿、定稿就意味着彻底把稿子托付给了梓木，开始雕版。

楸与梓在木材上通用，在名声上似乎吃亏许多，没有"桑楸""桐天楸地""付楸"之名，但在赏花时候，基本上只见楸花，很少说梓花，看来楸负责形而上，梓负责形而下。

"楸花楝花照眼明"，是陆游写在夏雨初霁后的诗句，楸花紧挨着楝花，在二十四番花信风的末尾。楸花盛开，每一朵花落地时的啪嗒声，都是在敲春天的丧钟，又是奏响夏天的起始音。

参差荇菜

在巴黎的一个水塘里见到了荇菜，诧异于我们古老的《诗经》植物怎么跑到欧洲来了。好像《诗经》上出现过的一草一木，就该是中国独占。"参差荇菜，左右流之"，是长短不齐的荇菜顺水而动的灵动画面，是东方特有的淡彩水墨风景，是男欢女爱的开场空镜。

但是翻开随身带的那本《不列颠和西北欧野生花卉》，上面就列着荇菜。它分布于中西欧及英国，是当地的原生植物。英文名 fringed water lily，直译过来就是流苏睡莲，多诗意的名字。反而是荇菜一名，在中文里有些不明所以。在《中国植物志》上，它被写成"莕菜"。"荇"没别的什么意思，特指荇菜。而"莕"则同"荇"。也就是说，这两个汉字是为这一植物定制的。

我养过荇菜，自然觉得很是亲切，相比只能在池塘里见着、远观而不能亵玩更了解一些。同睡莲一样，荇菜花早上开放。八九点钟，太阳斜射着过来，它就开花，过了中午，太阳开始往西去，它就慢慢合上，第二天不会再开。一朵荇菜花的寿命很短，但是用不着伤心，荇菜的花期够长，开花量也大。

我的荇菜种在小缸里，放在阳光足够的地方，隔三岔五就有鹅黄色的新花开放，从晚春到初秋，繁荣昌盛。

英文用流苏来形容这一水生植物，是因它的花边细碎似流苏，这是远观欣赏不到的，盆栽则看得真切。虽然西方叫它流苏睡莲，但荇菜不是睡莲的一种，它看着像是浮在水面的小型睡莲，心形的叶子也是像极了（英文还有一名是"漂浮的心"），一旦开花就会发现大相径庭，花朵完全不是一类。且睡莲花虽然也是朝开夕闭，但到了第二天会再次打开，不像荇菜，一日就走完全程。

有一种叫睡菜的水生植物与荇菜同为龙胆科，花白色，细细碎碎的，更像是流苏，我在云南香格里拉的湿地见过，成片生长，花期也在夏季。这种植物很适合用来净化水质，在一些河流、池塘的死水角落，种一些睡菜，既美，又可帮助处理污水。

我那盆荇菜是很多年前在杭州认识的做苗圃的老陈给的。我去采访他，看到荇菜一盆一盆地泡在花田的秧沟里，想问他买一盆，他随手在缸里挖了一坨，塑料袋一装便递给我。他认为这是很贱的水生植物，没必要买。

在我心里本是诗意的古典植物，如今拿在手上，却是臭秧沟里的一包淤泥。

种下后就能理解老陈对这种植物的态度。它的地下茎在淤泥中蔓延，很快就塞满一盆，换上大一号的盆，也是几天布满，换多大的盆都满足不了它。若是有池塘种上一株，占据一大片湖面也用不了太长时间。还有，仔细观察荇菜，会发现荇菜的花序和叶子边缘偶有珠芽，这是一种微小的鳞茎，可以无性繁殖，如此，荇菜繁育起来的速度就更快了。

如果用 fringed water lily 搜海外网站，能看到一些报道，荇菜在一些地方成为入侵物种，影响了河道的畅通，需要定期铲除，有点类似水葫芦在我们河流的处境。

不过，流水畅通的河道中，荇菜很难大片繁育，它勉强适应缓流，更习惯一面平静的湖水。这一点与菱和浮萍类似，一旦有水流动，则四散而去。

还有，既然名菜，荇菜应该是可以吃的，不然《诗经》写"左右流之""采之""芼之"，用来干吗呢？想必是做蔬菜煮汤。大概与莼菜类似。的确也有点像，但莼菜真的是睡莲科的植物。

◄ 香格里拉湿地见到的白色花的睡菜，花瓣边缘的蕾丝状比荇菜更明显

紫珠和吠鹿

在莫干山的地里见到了一株紫珠，结果了。

前几年，我要建地基，准备盖几间简单的小屋，于是迁移苗木，整理山地。随后忙于各种事务，并没有进行下去。没想到几年光景，地里又长满了杂草树木，连修建的地基都摸不到。

当时还理了溪流。那本是一条天然的小溪，直冲下来，我在设计中改了天然溪流的走向，让溪水从三间小屋前流过。溪流淙淙，这是当时的构想，可惜工人自作主张，糊上了水泥，拉直了弯道，溪流像是排水沟，并且他们坚持认为那样才更好看。现在石块崩塌，溪水还是照着我的思路流淌，也变得自然。

时间生长出萋萋芳草，一个小山坡变得无立足之地。竟然还看到一棵紫珠，也不知道是哪儿蹦来的，主干已有拇指这般粗。想着要不要将它迁回上海，以免下次动工给糟蹋了，但根系盘扎在岩石堆里，根本挖不出来。

◀ 荇菜金黄色的花并不大，养在池子中几年，成片开花时颇为壮观，一整面湖水都是金色

野生的紫珠常见，尤其是冬天，进山去总能看到。在其他季节，紫珠就是普通的闲杂灌木，走过路过，不会去看它，看见了也不认识。有一年冬，住在杭州城北的良渚，住满觉陇的朋友叫我去他那儿赏紫珠，说山林间有树，挂满了果实。我正在爬良渚的大雄山，在山脚见到了一株，植株孤单，但果实满满，便回复：不过去了，我这里也有。

看紫珠就要在冬季，叶子落尽，紫红色的果实暴露，布满了漫长的枝条，此时很容易注意到它，会让你有剪一枝来瓶插的冲动。紫珠插花不能贪图果多，有那么一两个留在枝头就行。

在川濑敏郎的《一日一花》里，就有一幅紫珠瓶插，我记得很清楚，上面的紫珠只有几粒，不像我们常见的枝节，被果实裹得满满当当。

在花园或庭院栽植紫珠的并不多，我在园林里就没见过。紫珠的株型有些散，枝条长而柔软，种在庭院的确不好处理。在京都大德寺的兴临院见到一株，是相对矮小的日本紫珠，简单修剪过，还算好看。

日本的庭院喜欢种一些冬季挂果的植物，除了紫

◀ 冬天，叶子落得干干净净，紫珠才露出果实让人看见，普通的灌木变得好看，尤其是雪天

珠，最常见的就是朱砂根，日本叫万两，还有南天竹。种这类植物多半是为秋冬赏果，特别是下雪后，若果实还在，白雪盖红果，是它们美的巅峰期。

相对来说，日本人对紫珠的热爱胜过我们。除了日式庭院，紫珠在日系的盆景里也常见。有一本日本盆栽大师小林国雄著的书《盆栽》，收录了一系列日式经典盆栽。书以季节编排，每个月有代表性的盆栽，十月的第一盆名"紫式部"，虬曲有姿，结满紫色的果实，完全不是紫珠自然的样子。我原以为这是作者给这盆紫珠取的名，没想到"紫式部"就是紫珠正式的日本名。

紫式部是平安时期《源氏物语》的作者，当然，这不是她的本名，是后人给的。没想到这个名字也给了紫珠，这大概也是紫珠在日本广受欢迎的原因之一吧。

小林国雄的书是日英对照，紫珠的英文名写的是 Japanese beauty berry，其实应该是 Japanese Beautyberry。Beauty berry 是漂亮的浆果，Beautyberry 才是紫珠的英文名。紫珠得此名，好比后宫三千，一人名美女，若是皇上唤过她的名儿，会让余下两千多宫女整日对镜贴不好花黄，想必其他浆果的心情也不会太好。

► 我种在院子里的紫珠，如紫金牛、朱砂根一样，果子留不久，叶子落去的时候，果子早就不剩一个了

如此命名的植物还有一个，Beauty bush，美人灌木，就是中国特有的蝟实 *。

紫珠是马鞭草科紫珠属下的灌木，有近两百种，Japanese Beautyberry 特指日本紫珠，拉丁学名 *Callicarpa japonica*。日本紫珠也并非日本特有，韩国、中国、琉球诸岛皆有分布。拉丁名是唯一的，当时掌握了命名权的植物学家最先在日本见到这种紫珠，于是确定了这个学名。至于英文名或是中文名，还是可以有商榷的余地。

查阅维基百科，翻到一份韩国资料，它就不写 Japanese Beautyberry，而是写成 East Asian Beautyberry，的确更为准确。但如此行为，心眼儿真小。在《中国植物志》上，这种紫珠就叫日本紫珠，没什么大不了的。

紫珠的果实看着就不会好吃，色泽也很难让人产生食欲，事实也是如此，它不适合人类食用，但它是鸟和鹿等动物的秋冬口粮。

莫干山上就有鹿，是吠鹿，也就是黄麂，胆小如东北的傻狍子。

有一次在莫干山的农家吃饭，饭桌上有麂肉。我问，这是养殖的吧？回答，这肯定是野生的，麂没法养，胆子超小，圈养不出几天就撞死了，这是在市场上买的，不确定是有人偷猎的还是捡的。麂胆小，遇惊会狂奔疾驰，很容易受伤，一旦出血又会过度惊恐，从而不能动弹，容易被其他野兽或是被人发现、捕获。农家说，冬天的莫干山里偶尔能见到麂，因为山上吃的东西少了，天黑后，它们会进村子的地里吃些蔬菜。有时候，大清早推窗看去，门前菜园里也会有麂。

麂会叫，其声如犬吠，回响在山冈。

据说麂吃得较精，喜食嫩枝叶和果实，到了秋冬季，像紫珠这类低矮的灌木上若是依旧挂着果实，必然是它们的食物。

山里长一些人类不能吃的野果，也是自然的分配法则。但是现在的人上山已不怎么采可以吃的野果，他们采好看的野果，紫珠在冬季恰好能排进好看的行列。

　　* 蝟实在中原一带常见，江南较少见到。我第一次见蝟实还是在英国，五月份，正在花期，时不时看到。在切尔西药草园外侧的住宅区外墙，很大一棵，从围墙内铺展出来，淡红色的小花成簇，花量极大。在邱园，几棵立起来的大灌木，

枝条伸展。在摄政公园,与月季长在一处,月季花、蝟实花同期。

我以为蝟实是欧洲原生,一查,发现蝟实竟然是中国特有的稀有植物,且是独生子女,忍冬科蝟实属下唯一一种植物。这让我觉得尴尬,一个中国特有的漂亮植物,却是在英国第一次见,且四处可见。

英国的蝟实是 20 世纪初从中国引种栽培的,这种花大概是长在了欧洲人的审美上,英文名直白:Beauty bush,美人灌木。蝟实的拉丁名 *Kolkwitzia amabilis*,种名 amabilis 也有可爱或美丽的意思。

中文名蝟实则有些奇特,没有种过蝟实的人想不到它的命名缘由。我从英国回来,便买了一棵蝟实,花后结果,发现它结的果全身带刺,像刺猬那样。蝟同猬,所以得名蝟实,像刺猬的果实。

但凡讲到蝟实,都有这个说法:中国秦岭至大别山区的古老残遗成分,在忍冬科中处于孤立地位,它对于研究植物区系、古地理和忍冬科系统发育有一定的科学价值。我并非专业的植物研究者,只是好奇为什么它在忍冬科中处于孤立地位。蝟实特别好养,为何成为独生子女,且分布地区如此

▶ 邱园见到的一棵蝟实,花量极大。在英国旅行的时候常见蝟实,在国内则不多见,北方可能还常见一些

之窄？

以我养蝻实的经验，哪怕冬冷夏热都没问题，大致上在梅雨季节可能会有点不适应，这也许是其原生分布不到江南一带的原因——雨量多，湿度大，它易生病虫害。还有一点，就是日照要足，它不是那种在林荫下能生长好的植物，这也是它在野生状况下逐渐萎缩的原因。若生长在开阔地区，它这一两米的丛生灌木，枝条上又没有刺，会被当作柴火灌木轻轻松松伐走。

可惜刺没有长在该长的地方，当然，果实带刺本是为了更好地传播。

神的槲寄生

槲寄生真是东西南北皆有分布。

有一年去法国的普罗旺斯，在种植薰衣草的高地附近，拜访了一个古老的村庄，村庄外有一个林子，那儿的树上缠满了槲寄生。我在村里溜达，看到一户人家门口还挂了一束已经干燥了的槲寄生。拍了一张照片，随后发了一条朋友圈："在普罗旺斯看到好多槲寄生。这种在圣诞节期间欧洲常见的装饰，与古希腊诸多传说有关，有一种说法，这是神的精液洒在树枝上长出来的，好恶心。在英国是这样，年轻男子有特权在其下亲吻女子，我刚才在这户人家门下等女子好久，失望而归。"

有一年，春雪融化的时候，在东北的柳河，我跟着当地人进森林挖野菜，看到山上很多大树上有槲寄生，很大一丛。开始我还以为是鸟巢，它的确像我见过的喜鹊的巢。

这些年住在杭州，也见到过树上有槲寄生。有一次和开花店的朋友一起去植物园，下雨天，看到很多树枝

摔在地上，可能是因为连续几天下雨，有些老树枝撑不住，折断了。一眼望去，一些枝条上有槲寄生，朋友非常高兴，折了一些带回，做插花作品。之前我们也一起逛过植物园，看到树上有槲寄生，羡慕不已，只恨其太高。

据《中国植物志》记载，在中国，只有新疆、西藏、云南和广东不产槲寄生，其他地方都有分布，它寄生于榆、杨、柳、桦、栎、梨、李、苹果、枫杨、赤杨、椴属植物上。但是我小时候似乎未曾见识，以至于一直以为这是异域的植物。

槲寄生结的浆果，似珠子，寄主不同，果实的颜色也会不同。《中国植物志》上写到槲寄生的果色，寄生于榆树呈橙红色，若寄生于杨树和枫杨呈淡黄色，寄生于梨树和山荆子的果呈红色或黄色，还有白色果的是欧亚槲寄生。

我对槲寄生的实物了解不多，所知的内容多来自书面八卦，比如 "Kiss under Mistletoe"（槲寄生下亲吻）的英国传统，总是在圣诞节时被提及，槲寄生也会出现在圣诞节的装饰中。但槲寄生与圣诞节的关系真的是因

◀ 春，在东北见到的槲寄生，一开始还以为是鸟巢

为"神的精液洒在树枝上长出来的"吗？也许吧，总之这个说法丰富了这个节日。

前段时间出版社编辑寄来一本小书，英国人玛格丽特·威尔斯写的《莎士比亚植物志》，我随便一翻，便翻到其中一篇写到槲寄生，提到了它与圣诞的关系，不过看起来并不是那么和谐。首先，槲寄生是邪恶的。在《泰特斯·安德洛尼克斯》这出莎士比亚最恐怖的戏剧里，有角色被割下舌头，砍下双手，孩子们被做成派送给他们的母亲，哥特女王塔摩拉在此处称她被诱骗进陷阱。为了符合剧中的哥特式气氛，莎士比亚为槲寄生赋予了邪恶的气质。文中还提到了1608年出版的《植物天堂》，那本书里也说"槲寄生蔓延之处，诸多诡异之事发生"。

再想起普罗旺斯那个被槲寄生寄生的树林半合围的古老村子，建筑完好，几无村民，难道是因为"诸多诡异之事发生"？

既然槲寄生有邪恶气质，为什么在圣诞节这样快乐的节日上，能看到很多槲寄生的装饰？

《莎士比亚植物志》里也曾提到，大概意思是说，

▶ 槲寄生的浆果，看着很好吃的样子。其实很黏，方便种子粘在树干上，风吹雨打不脱落

槲寄生结的漂亮的浆果"满含黏液，可制鸟胶"，而鸟胶通常是用画眉食用过浆果之后的粪便沉淀制作。槲寄生有毒，会麻痹舌头、扰乱心神，危害心脏和智力，药剂师常在其中加入乳香，用来消肿。槲寄生与乳香合力，让画眉鸟吃下，拉出来的粪便再拿去诱捕鸟儿。关系很是混乱，做的事也没那么光彩，但是槲寄生因此与乳香有了一层关系。乳香、没药、黄金是圣诞的三礼物，能与它们三者有关的，都能间接与圣诞相关。虽然这种关系比较无厘头，但槲寄生还是出现在了18世纪的圣诞节图景中，一直到现在。

在现实中，槲寄生的浆果的确满含黏液，鸟吃了果子拉出来的粪便也是黏糊糊的，这是因为作为寄生植物，它的种子不是落在地上就能发芽生长，带有种子的鸟粪要拉在树干上才算是落在了"沃土"之上，这个时候需要足够的黏性将种子固定，不然一场雨就会把种子冲走。

啊，寄生类植物总是让人觉得它们充满智慧，而神的庸俗八卦真是无聊至极。

菟丝子的残忍

在大理见过菟丝子，在罗汉豆成熟的季节。那是我第一次见它。

当时，洱海边的农家正在田里收豆子，因为有记者的职业病，我沿着田埂下去，想和他们聊天。没走几步，就在田埂处被一大坨绕来绕去的金黄色的藤给拦住了，它一边缠着一株野蔷薇，顺势将路另一边的一些豆子也缠了进去。

从没见过菟丝子，只阅读过一些文字介绍，但是看到实物的一瞬间，脑子里就出现了"菟丝子"三个字。纸上得来虽觉浅，但可选余地不大，不然还能是什么别的植物呢？眼前的菟丝子有十万发丝乱如麻的感觉，有计难梳，无篦可替，中有千千结。

菟丝子最爱的就是豆类植物。洱海边大块大块的田地种的都是罗汉豆，我没走几块田，不好说菟丝子对这些田地的影响，但菟丝子对种植豆类的农田来说，应该

▼ 了解了菟丝子之后再看到菟丝子，心里会产生一种恐惧感，这让它成了一种不敢触碰的植物

算是恶性杂草，缠上了就难以清理，不清理就会迅速蔓延，想要隔绝，得连着豆苗也一起拔了除掉。

见过一次后，就常见菟丝子了，在抛荒的田地，农村村口四不管的空地，甚至在城市里的公园都见到过。

菟丝子是旋花科菟丝子属植物，一种寄生植物，采取的是不计后果同归于尽的寄生方式。槲寄生是小灌木寄生在大树上，宛如蚊子叮大象，奈何不得。婆罗洲有一种世界上最大的花，大王花，也是寄生植物，花虽然很大，但能和寄主友好相处，并不会将寄主杀死。可菟丝子会把植株榨干而死。菟丝子攀援的茎一旦接触到宿主，就会发育出吸器——一种长在茎上的尖尖的东西，它扎入宿主，直达韧皮部，获取养分生存。如果宿主不够强壮，可能没有走完一季，就拜拜了。

每次看到菟丝子，都心里发毛，不敢碰，会有恐怖联想，生怕一接触，它就绕上来，扎入手臂，瞬间吸干我的血，把我变成木乃伊。

了解一下菟丝子的生长过程，就绝对会认为它是有智慧的。它开花结籽后，种子落地，可以四五年不发芽，一旦附近有可以寄生的植物正在发芽生长，它就开始准备发芽，等到边上的植物进入生长期，有了足够养活它的能力，它便开始发芽，节奏非常精准。等生长出来，宿主正值壮年，它就会绕到宿主身上。

之所以要这么谨慎，是因为菟丝子的种子胚乳含有的养分并不多，一般只够它发芽后生长不到一周的时间。在这几天的时间里，菟丝子必须找到宿主，否则就没有机会活下去。而且宿主得够强壮，不然菟丝子吸一口，宿主就死了，它自己也得跟着死，白忙活。

这里有一个问题：菟丝子是怎么感知到宿主在哪个位置的呢？有科学研究发现，菟丝子的茎可以"感知"到宿主的"气味"，并朝向宿主生长。有一个实验，在番茄等植株上获取一些化合物，来试验菟丝子的幼茎，发现菟丝子茎蔓会朝着这些化合物的方向生长。

那么，如果边上有两三株不同的植物，菟丝子是偶然缠上其中一株植物呢，还是"凭感觉"来选一株对它更有用的植物？答案是后者。菟丝子真的能"感受"到边上的植物谁更强壮。方法是，菟丝子根据附近植物反射的光（光质与光量），选择具有高糖产量的植物，因为这些植物叶片反射的光会显示出其中的叶绿素含量。菟丝子要选择的是最适合自己生存的植物。

攀上宿主，菟丝子需要花五六天时间建立寄生关系。这个时候菟丝子植株下部自行干枯，主动与土壤分离。也就是说，要清理的话，直接拔掉并不可行，因为它并没有长在地上，要拔只能拔宿主，只有宿主死了，不再供应养分，它才会死。不拔宿主而只是将菟丝子千丝万缕的缠绕茎从植株上清理出来，这几乎是不可能完成的任务，只要残留下一小截，它就还会再生长。

好在菟丝子是一年生植物，当年冬天就枯萎了，要避免它再度袭来，把地面打扫干净就行。只不过菟丝子的种子可以休眠好几年，一有机会就会发芽生长，所以彻底清理才是最重要的。提醒一点，一株菟丝子一季能结数千粒种子。

若清理正在生长中的菟丝子，要记得直接烧掉，或是在空旷的地上晒干。因为即使将菟丝子的茎蔓从宿主上清理下来，一旦让它遇到其他植物，它还是能缠绕上去，长出吸器，再次寄生。

在农田里，农作物往往是一年生植物，如果菟丝子已经缠满这块地，差不多就是同归于尽，或者熬过去，虽然损失一些营养，但还能照样收获。的确有豆类植物和菟丝子混种的田地，一年收获一次豆子，也收获一次菟丝子的种子，菟丝子的种子有药用价值。

蓼的天下

秋冬是蓼科植物的天下。

红蓼、杠板归是明星，前者的花序红艳艳，形如狗尾巴，高大招摇；后者的花果蓝、紫、红、青多色，妖艳，且为缠绕植物，带钩刺，在山野肆意生长。

愉悦蓼，一到秋天，就大片大片出现在水岸边，虽然花朵小，花序细长，但是密集生长，望去极为壮观。蓼蓝，传统的染蓝植物，是"青出于蓝而胜于蓝"中的蓝，它也在初秋开花，花不算好看，但也是蓼的一支力量。

辣蓼长在水边，又叫水蓼，植株矮小瘦弱，开花也低调一些，是过去美食中调辣的食材之一，是东北的餐桌上偶尔也能见到的辣味蔬菜。更多人知道辣蓼，是因它乃制作酒曲的一味重要材料。

还有火炭母，真正无处不在的杂草。果实长得难看了些，像煤渣，相貌无法让人垂涎，却真的可以采来吃。要趁早，在日出之前，果实被露水浸润，看起来有些水灵，吃起来有些脆，太阳出来后，果实会逐渐干瘪，就

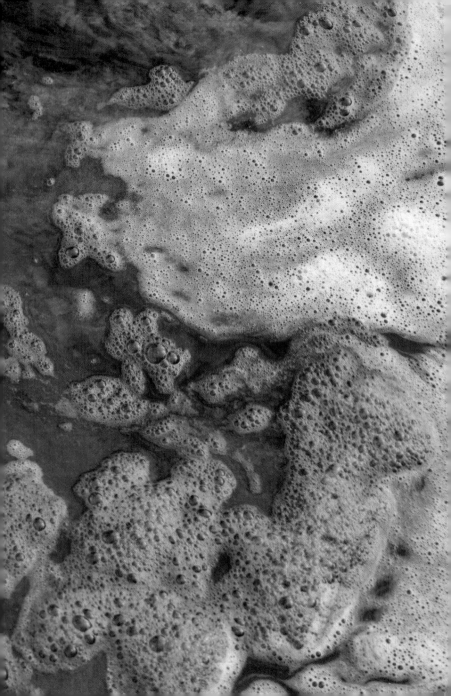

没那么好吃了。

很多人应该都吃过火炭母，它的分布极广，尤其是在南方地区，真的是哪儿都有，包括在热带地区也经常看到。我最远在牙买加的蓝山咖啡庄园见过火炭母。对牙买加来说，火炭母算是外来物种。我摘了果来吃，当然是纯正火炭母之味，味道有点酸，并不含咖啡味。说起来，杠板归的叶子也有人吃，吃起来也是酸酸的。

火炭母的茎叶可入药入菜，特别是入了广东凉茶。在广东传统的凉茶里，火炭母是配方中很常见的一味药草，主要功能就是清热解毒，当然，大部分入凉茶的药草都有此类功效。

不仅入药，在广东人的餐桌上，火炭母也偶有出现，比如有一味汤叫"猪横脷煲火炭母"，广东人煲这个汤喝是为了祛湿，猪横脷就是猪脾脏。还有"火炭母猪红汤"，也有清热利湿的功效，猪红就是猪血。反正火炭母可以煲各种大荤，这里的火炭母不是果实，也不是干菜，而是新鲜的火炭母蔬菜。

也有些山区群众，用盐水浸泡腌制火炭母的嫩茎叶，作为凉拌菜吃。我是铁定没吃过，想必口感酸咸，

◀ 在温州的农村，还能见到染蓝的池子，用蓼蓝为染蓝的媒介，浸染布匹染色
▼ 秋天，各种蓼花盛开，走到哪儿都有大片的蓼花，就会觉得秋天的确是蓼的世界

想想就牙疼。

一些往更南的地方旅游的人，可能还吃过另一种蓼草，味道很重，比香菜、薄荷还浓烈，叫香蓼。

香蓼其实南北都有分布，入菜却在南方，很南的南方，在广东也没见过有人吃，云南有人吃，当香草，不过我只是听说。但在东南亚的美食中，就见得多了。

有一年去越南旅游，就吃到过香蓼，而且是在越南春卷里，作为馅儿混在里面。明明写的是越南薄荷，一口咬开来，却有一股浓郁的香菜味，简直要夺了我的命——我可不是香菜党啊。就因为这，再也不敢吃越南春卷。其实香蓼不是越南春卷的标配，但是我一朝被蛇咬，十年怕井绳。越南的法餐沙拉里也爱放香蓼，我唯恐避之不及，以至于现在爱吃的越南菜只剩下火车头米粉。

不过香蓼是很容易挑出来的，只要"明人不做暗事"，不要像春卷那样卷起来。很多蓼科植物的叶子上面有斑纹，香蓼也不例外，叶上有一个 V 字形的黑斑，看到了就知道那是什么。若在东南亚旅游，见到菜单上写越南薄荷或柬埔寨薄荷，别以为是本地薄荷，它指的就是香蓼。热爱的人会很喜欢，不爱的人尽量避一避。

妖艳贱货

我说杠板归是一个"妖艳贱货",很多人听了不舒服,质问为什么要这样说一个如此漂亮的植物,但我就觉得这样形容杠板归很贴切。

秋天,还真是少有这般色泽妖艳的植物,蓝色、紫色、青色的花序成串,尤其是绸缎质感的蓝紫色,在自然界中更是难得。杠板归生命力旺盛,漫山遍野。它不择地而长,水边、山坡、农家田埂,无论生熟地带都有它的身影,往往一大块地方都被它缠绕着。

英文用 Mile-a-minute Weed 来命名杠板归,直译就是"分分钟长一英里的杂草",虽然有些夸张,但形容它并不过分。在西方世界,杠板归已成为入侵植物。看到一篇英文报道,说美国密歇根州的一个自然中心观察到杠板归已经蔓延到当地,虽然没有一分钟长一英里,但是六到八周就可生长 25 英尺,茂密的缠绕茎覆盖当地植被。一株完全肆意生长的杠板归可产生 3500 颗种子,当地鸟类、鹿和其他小型哺乳动物会吃这种果实,

进而将种子传播到远离母本数英里之外的地方。更吃不消的是，即使种子的落地环境不适合发芽，它还有六七年的时间可保持活力，等待机会。

遗憾的是，通篇报道竟然没有提及杠板归的美艳，颜值竟然不正义。

杠板归的原生地在中国和东南亚一带，虽说生长旺盛，但不至于造成生态危害。作为攀援杂草，它不像牵牛那样绕着走，它的茎蔓上有倒生的皮刺，叶背也有，可以勾着走，攀援着生长。但它也容易清理，因为有勾刺，所以整棵植株很容易归拢到一起，然后拔掉。

说它是妖艳贱货，并非贬义，而是平实描述，但这一描述只适合秋天的杠板归，在其他季节，杠板归就平庸多了，很难被人注意到。它的三角形叶子像犁头，颇有特色，它也因而得一别名刺犁头，但在春夏，其他杂草长得并不比它逊色。

杠板归其实有一个听起来更为正式的名字——贯叶蓼，说明它是蓼科植物。蓼一类的植物有个特点，它们叱咤风云的季节大都在秋天，大红大花序的红蓼、可入菜作为调味的水蓼或叫辣蓼、传统染蓝的蓼蓝等，盛花

◀ 杠板归的花果妖艳、青色、粉色、蓝色、紫色，都是自然界少见的花色，说它"贱货"，实指它旺盛的生命力

期都是在这个时节，花色要么大红，要么淡粉。杠板归则是除了紫色、粉色，还有少见的青金石色，你无我有地嘚瑟。

杠板归这妖艳的颜色不是花的颜色，青的、紫的、红的、蓝的一整串，带颜色的这层其实是花序的苞片，花果在花被里头，里面有两到四朵花。新鲜的苞片是青黄色，然后变成紫红色，最后成青紫色。有趣的是，它不是照着花序的前后顺序逐个发育成熟，看上去像是随机的，这边一个紫色，那边一个青黄色，那边又有一个青金石色，整个花序的颜色前后跳跃着，看上去丰富又特别。

如同介绍十大功劳时，要想个法子讲一下为什么叫十大功劳（虽然也说不出个完全可信的道道来）。杠板归也是，为什么叫这个名字呢？在中国，那些有着奇怪名字的植物，多数来自郎中之口。杠板归是一种药材，清热解毒，治疗毒蛇咬伤，名字来源就与此有关，像是一场小小的闹剧。

据说是有人被毒蛇咬了，将死，于是同伴就回家去找人，拆了门板过来，准备把他抬回去。没想到，将死之人将身边看到的一种植物的茎叶捣烂，敷在被蛇咬的

伤口上，竟然奇迹般地好了，他自己把门板又扛了回去。于是，这种能治疗蛇毒的植物被叫作扛板归或杠板归。

这个名字的由来不知真假，但也没有其他更有说服力的解释。其实还是叫贯叶蓼更恰当一些，杠板归适合当作别名。但《中国植物志》上一锤定音：杠板归。那就杠板归，也很有趣。

木麻黄树

　　三亚海棠湾的几处海边长着高大的木麻黄树，一棵一棵，看着像松树一样，沿着海岸线分布。

　　最早因毛姆的短篇小说集《木麻黄树》，我才知道热带的海边有这种植物，他在序言里写：

> 　　经过一段时间，海水退却，当海榄雌在宽阔的河口拓垦出潮湿、松软的泥土，木麻黄树就会自行生长，并且逐渐使土地变得结实、坚固、肥沃，直到它成为熟土，适合更多种类、更加繁茂的植物；然后，当它完成了自己的工作，它就会逐渐消隐，最后被丛林中无数归化了的植物彻底吞没。

　　这本小说集写的是马来半岛和婆罗洲一带的故事。他以木麻黄来隐约指向那些从西方远道而来的殖民者。当他们最后像木麻黄树那样"任人胡乱地砍倒在地，狼

▼　远看海岸线，像松树那样的木麻黄就在第一线，过些年会逐渐退后，被其他植物替代

藉一片……当他们看着木麻黄树，同样感受到那份灰暗、粗鄙、悲哀，与那荒凉的热带地区有些格格不入的时候，很可能会思念起自己的故乡；在悠然回忆起约克郡高原上的那些石南花，或者苏塞克斯郡公共牧场上的那些金雀花的同时，他们发现这种在严峻环境中依然恪守自己职责的坚韧树木，正是他们自己流落他乡异国的生活的象征"。

殖民者如木麻黄树，是毛姆作为殖民者同胞的观点，但他对自己的这个观点也不坚定，他在序言结尾说，之所以把这个短篇集叫"木麻黄树"，"最主要的是，想不出更好的书名了"。

事实上，婆罗洲的木麻黄树的确也不是本地植物。木麻黄树的原产地是澳大利亚和太平洋岛屿。

几年前去婆罗洲旅游也没留意到有木麻黄树，大概靠近城市一带的海岸，要么开拓为生活区，要么已经被"无数归化了的植物彻底吞没"，现在的婆罗洲已不再是毛姆旅行时的那个殖民地婆罗洲。

但我不死心，去翻了一下在婆罗洲以及泰国、菲律宾拍的照片，仔细辨识。有些照片中，海边那些看似松树的植物，应该就是木麻黄。过去的关注点并不在树上，热带地区丰富艳丽的草本花草夺去了我的注意力，而对热带树木的关注，都集中在果树上，如菠萝蜜、芒果、释迦、木瓜、莲雾、蛇皮、人心、蒲桃、番石榴等，木麻黄完全被忽视。

仔细想起来，海边的木麻黄树并不少见。拜访深圳湿地公园时，就在园内见到几棵高大的木麻黄树，树干笔直，像巨大的松树，不过呢，要不是有一棵勒杜鹃攀爬其上，在高高的树上开花，我还是不会留意到那几棵木麻黄。它们的生长位置确如毛姆所写，在以海榄雌为主力的红树林和其他丰富的热带植物之间。

即使再往北，至福建沿海，仍有木麻黄分布在海岸线，有些地方真的叫它马尾松。近看木麻黄的枝叶，是有些像松针较长的马尾松，单看叶子，又很像麻黄或木贼。很多年以前，在西藏看到过在地上一簇簇生长的藏麻黄，以为是木贼，心想如此高原，竟然还有木贼生长。但木贼是木贼，麻黄是麻黄，它俩只是有些特征相似。可有一种植物，名字是将木贼和麻黄合一起，叫木贼麻黄，跟藏麻黄一样，是麻黄科麻黄属的小灌木。需要说明的是，木麻黄与麻黄并不相关，它不是麻黄科植物，

▶ 若是见过麻黄，看它的叶子的确像；若没见过，那么会觉得它像松针，果实其实也有点松球的样子，只是只有花生米那么大

它是木麻黄科的大乔木，命名里有麻黄二字，只是因为它的叶子像麻黄。

木麻黄树虽是外来植物，但耐干旱、抗风沙、耐盐碱，非常适合栽植在热带海岸防风固沙，而且生长迅速，很快能形成防风带。

在海棠湾之所以会留意到木麻黄树，是因为所住的酒店设施过于现代，以至于弱化了绿化的配套。在酒店周围兜来转去，只有那片像松树林一样的林子值得一探究竟。

东北的一筐李

东北的朋友寄来一箱李子，在运输途中挤烂了一些。

快递小哥在一旁无辜地看着，嘟囔着："所以我事先给你打了电话，你要是在店里买的，我就直接给退回去。要是朋友送的，你就收了吧。"我说没事，我收下，反正还有这么一大箱，我也吃不完啊。

其实大部分李子都是好的，一小部分挤伤了，去掉边边角角那些挤烂的，还剩很大一筐。

时令的东西，能尝到一些就够了，一大筐还是挺难处理的。而且李子不能多吃，"桃养人，杏伤人，李子树下抬死人"，这话给三种水果排了个序，桃最好，杏只是伤人，李子最末，吃多了要死人。古典本草书中提到李子，一般都会备注"不可多食，令人虚"。

我查找过自己这"李"姓，先祖因大理之官而得姓为理，后又避难，以李为食而姓李。不可多食与以李为食，孰真孰假？

我们绍兴乡下把李子叫"dza杀李"，意思是拉稀拉死个人的李。那还不是野生的李，本就作为果树栽种在一些人家的院前，每年夏天，树上挂满了果，很少有人去摘。摘了来吃，也是挑完全熟透的。看着红皮那部分，试着先咬一口尝尝，要是不行就放下。现在绿化中常见的紫叶李也是如此，果子成熟后，看着诱人，实则酸涩。

偶尔吃上几个李子，有助消化，让人胃口极好。我们被吓唬多了，不敢吃，浅尝辄止。其实这东西比杨梅还厉害，看看就口舌生津，浅尝都不需要。

民间有关于李子能不能吃的判断，"入水不沉的李子不能吃"，说是有毒，其实没有熟透、有苦涩味的李子果酸含量过高，吃了必定坏肚子。结得不好，没多少水分的李子最好也别碰。我把那筐李子倒入水中，大部分都沉水，个别生一点，半浮着。所谓"浮瓜沉李"，不只是一件夏季消暑的雅事，也是一个生活常识，要是倒过来，沉瓜浮李，我想吃了抬死人的概率还真是有的。

李子也要分品种。现在市场上有美国的李子，译名黑布林，就没那么多传统李子的禁忌，遇到好吃的，

◀ 东北见到的稠李树，开花的时候一树的白色

五六七八个这么吃，也没什么事。国内也有不少改良品种的李子，一样照吃不误。近期又流行一种叫恐龙蛋的水果，一口咬下去，红色汁水四溅，味儿甜，看果的样子也是一种李子，至少有李子的基因。

其实我老家绍兴有一种与王羲之有关的李子。他的名帖《青李帖》上写到，要求远在四川的朋友用囊盛装寄送青李等植物的种子，如果封在信里寄来，多数不能发芽。王羲之种水果并不是随便玩玩，在他的多封往来帖子中都有提及，种出水果后还寄回给朋友品尝。据说王羲之培育的李子以"羲之李"之名流传开来，并非虚名。我是没吃到过，但可以肯定，不是我们村那几棵李树品种。

朋友送的这箱东北李子，说是叫吉盛李，个头不算大，也不像黑布林那么圆，有点儿桃的样子。果皮表面带霜，一面黄绿，一面紫红，一掰就是两半，果核和果肉分离。完全熟透的，还能像水蜜桃那般剥了皮吃，也只有熟透的李子才是真的好吃。

可惜的是，完熟的李子经不起运输，半熟摘了装箱，都已经损失一圈，成熟的就更不能寄了。有一年帮朋友

▶ 蓝色天空下的李花

的桃园卖桃子，在桃园里吃过树上完全成熟的水蜜桃，多汁香甜。我视之为天宫仙桃，想着定要把这般品质的桃子卖出去，结果售后好评如潮，同时也怨声载道。第二年便随大流卖八成熟的，怨声不再，好评也不多了，第三年就失去了卖桃的兴趣。

所以，真的美味还是要在地。把它运过来，还不如把自己运过去。

最后，我把吃不完的李子切了去核，放烘干机做了李子干。做成的李子干，吃起来反而酸，风味也没了。应该做李子酱才对。

狗卵草

　　婆婆纳有一别名，叫狗卵草，可惜很多人不知道，被遗忘了。

　　植物获得这样的名字，这情况并不少见。郁香忍冬有一个变种，果实长得像裤裆，很多地方就叫它裤裆果，很形象。但比较遗憾，这名字被化装为"苦糖果"登上《中国植物志》，编撰者是多么不食人间烟火。还有鸡屎藤，现在的正式名字为鸡矢藤。好在矢也有屎的意思，就是雅致了一点。

　　狗卵草听起来的确庸俗，比裤裆果更甚，却更写实，你要是有机会看到婆婆纳的果实，准会会意一笑，"名字取得可真是妙极了"。婆婆纳是什么意思，考据不得，有些莫名其妙。

　　一般认为狗卵草最早记载在《本草纲目拾遗》中，这是一本清代乾隆年间编撰的书。说狗卵草"结子如狗卵"，真是观察细致，联想精准。阳春白雪者可能会捂脸嗔笑："啊哟喂，怎么可以这样说呢。"

这本书又引了《澹寮集验秘方》的内容，里面提到了用狗卵子草治疗疝气，很有意思吧，有一点以形补形的意味，哪个地方有问题，用长得像的东西来治疗。作者释继洪是元朝人，也就是说，元代在中国已经有了这种植物，那个时候的人们就叫它狗卵子草。

之所以提到这两本非常不通俗的药草书，是想要说，很早以前，婆婆纳就被叫作狗卵草。

另外还有两本野菜书要提一下。《救荒本草》是我们比较熟悉的一本书，我放在案头常翻。这本书告诉人们面临饥荒的时候有些什么野菜可以挖来充饥，书由明朝一位皇家子弟编撰，成书在明朝初年，皇族子弟也并非都是"何不食肉糜"之流。狗卵草作为野菜被收录在这本书中，但是名字叫婆婆纳。对名字没有任何解释，只说饥寒交迫时候，婆婆纳可以当野菜吃。能出现在《救荒本草》上的野草基本都是常见植物，序言中写"按图而求之，随地皆有"，找不着的植物列进去就失去了意义。这说明明朝初年，婆婆纳已经传播很广，到处可见。比《救荒本草》晚一百多年，还有一本书《野菜谱》，那里面叫它破破衲，同音不同字，只说"破破衲，不堪

◀ 我们大都见过阿拉伯婆婆纳盛开时候，小小的蓝色花一大片，但很少微距见它的花，雄蕊似蛇舞

补，寒且饥，聊作脯，保煖时，不忘汝"，也是救荒的意思。总之这是可以吃的一种野菜，叫它"popona"。

婆婆纳是外来植物，原生西亚以及欧洲。从上述记载来看，差不多元朝时候已传入中国。是否更早就已传入，没有证据。不过，以中国唐宋文人对自然的细微观察和体会，若是有，浩瀚的诗文是不会落下婆婆纳的。

有元一代，疆域辽阔，东西方交流频繁，一些西方植物被偶然带入中国。婆婆纳这样的一个外来植物，传入的时候并没有名字，不像张骞出使西域主动带回植物，主动给起一个名字：胡萝卜、胡桃、胡瓜，或是葡萄、石榴、苜蓿。婆婆纳的种子随着商人或军人的鞋帮子、裤腿，或是马蹄、车轮，不小心进入了中国。这种小小的野草并不引人注意，但几十年上百年过去，就遍布神州大地，无法回避了。

一到春天，人们在"田头垄上挑荠菜"，突然看到开着淡淡紫粉色小花的野草，如此可爱显眼，以往竟然没见过。最先有意于此的就是郎中："这也许能治什么病吧？"采来搞试验，"啊呀，果实长得像狗卵子啊"，实证得出它能治疗疝气，就记录了下来。为了保证不出

▶ 开花后，很少会去看它结的果，阿拉伯婆婆纳的果的确如其本来的名字，似狗卵子

错，就以植物的特征来记，直接取名狗卵子草。这是医者的严谨，药草不能认错，认错药草就会吃错药。编撰野菜谱的几位呢，一个是皇室子弟，一个是儒家学者，富贵文雅，有慈悲善心，亦是阳春白雪的本质，将一味野菜取名狗卵草，实在不妥，于是最后叫它婆婆纳。至于为什么叫它婆婆纳，我找不到任何线索。婆婆纳的读音或字面意思和它现在的英文名、拉丁名找不出一丝关系，这是一个谜。

狗卵草与婆婆纳，选其一为正式名字，让拿着笔杆子的人选，毫无疑问，狗卵草落选。裤裆果在没有别名与之竞争的情况下都会被润色为苦糖果，何况狗卵？

倒是在日本，婆婆纳被叫作犬阴囊，毫不忌讳。

不过，名为婆婆纳的好处是，我们会更喜欢这个花儿，可以直接说出这份喜爱来，"早春最喜欢的野花就是婆婆纳了，特别是阿拉伯婆婆纳，那蓝色小花真是可人"，若是把婆婆纳替换为狗卵草，大概要把这份喜爱藏在心里吧。

我每次看到婆婆纳，就想起小时候，斜靠在弄堂口，嗑着瓜子，邻居家一条翘着尾巴的黄狗走过，我唤它一声"阿欢"，它瞥你一眼，摇摇尾巴走过，终究是会看的。

小鸡草

　　繁缕，这种植物在我们绍兴叫小鸡草，从田头一把一把揪来，切碎了喂小鸡。孵出来不久的黄毛小鸡子特别爱吃繁缕。

　　日本园艺家柳宗民在他的《杂草记》里写到繁缕，说他小时候用繁缕来喂养金丝雀，鸟儿爱吃。后来去法国观光，在塞纳河中的西堤岛，见到一家鸟店，店里的桌上摆了各种鸟食，其中就有成捆的繁缕。

　　在英文里，繁缕叫 chickweed，跟我们的叫法一样，也是小鸡草。可见繁缕是世界各地禽类的美食，自然它也遍布全世界。

　　去田头揪小鸡草，是很快乐的。小鸡草的茎细细的，一扯就断，但断起来有层次，先断的是外层，"啪"，断了，茎里还有一缕丝，有韧性，再扯才"啪"，完全断了。但根茎不动如山，抓地扎实，所以只能说是去揪草，而不是拔草。一把揪去，只有嫩茎叶，没有根没有泥，很干净，不用清洗，直接剁碎了喂鸡。有时候，丢一两根小鸡草给小鸡，它们会争抢着吃，就跟抢蚯蚓一样，互相拉扯，还扯不断，叽叽喳喳，有趣极了。

繁缕的这个特点也给田头锄草带来了麻烦，手拔不尽，根茎总是留在地里，要用小镰刀一株株连根挖了才行。

我在一本园艺书上看到一篇很长的文章，讲了六大方法，专门论述如何去除繁缕。真是小题大做，繁缕的危害性又不大，蔓在地里，也算是给土壤保湿。真要去除，全手工，一株株挖了即可，就是费点时间，挖下的草理顺晾干，挂网上销售，名"金丝雀鸟食"，广告"全手工采摘"，能卖个好价钱。

至于小鸡草的正式名为什么叫繁缕，还是要引《本草纲目》里的解释："茎蔓甚繁，中有一缕，故名。"

繁缕还有一名，鹅肠菜，很多地方这么叫，是说中间那一缕像肠子。总觉得说不通，倒不是形不像，而是这一缕也太细了，与鹅肠子不是一个量级。一个南京朋友说他们把这叫鸡儿肠，听起来还贴切一点，毕竟有"小肚鸡肠"一说。

繁缕在春天开小白花，星星一样的花儿，当然要蹲下来细看，才能看出它的可人。花瓣白色，数一下，有十片，再一看，每两瓣是连在一起的，只是花瓣深裂，便以为是单独的，其实总数才五瓣。

还有一点也很有趣。多观察几朵繁缕的花，会发现它的花蕊颜色不同，有些黄色，有些褐色。那是因为繁缕的花药会随着时间而变化，从初开时的黄色，慢慢变深，变为紫红色、深褐色。

繁缕与荠菜同期开花，都算野菜。荠菜无疑是美食，繁缕也不仅是小鸡、小鸟的食物，它虽不及豌豆苗那样鲜美，但焯一下凉拌，或是与豆腐一起煮汤，清清淡淡，也是一味。在日本有"春之七草"，即早春的野菜，繁缕就是其中之一。

以前的人将繁缕煮汁饮用，以治咽炎，也有人把它揉捻成泥，敷伤口消炎。这些古法在现代医学下已没有太大价值，但科学家总也有忘带药的时候，而繁缕四处皆有。

鸡肫与鸡眼

往山里去的路口有一株野鸦椿，混在杂树丛里。一年里进山好几次都没留意到它，直到夏秋结果，突然就看到了，万绿丛中点点红。

已是九月，也晚了些，种子差不多都落了地，只留下紫红色的果皮，阳光透过来，鲜红色，看着艳丽极了。

野鸦椿结的果属于蓇葖果类型。刚刚结果稍有点泛红那会儿，它软革质的果皮上有很多脉纹，看上去像鸡肫皮——若是在农村长大，处理过鸡，或是见过大人们给鸡清理内脏，取过鸡肫皮，一看就明白。所以它又被叫作鸡肾果。这里有个有趣的问题，既然像鸡肫，为何叫鸡肾果？可能只有两广地区的人不会有疑惑。

关于鸡肫和鸡肾，是动物方面的内容，我不是很专业地解释一下。鸡肫非常韧，半剪开，翻出来会看到里面有很多半糊的食物，基本上可以判定这是胃。鸡有两个胃，这个是肌胃，另有一个叫腺胃，听名字大致能区

▶ 夏秋季节，野鸦椿上挂满了果，红色的果不输花
▼ 细看蓇葖果，果皮似鸡肫，若是半含的果，像鸡眼

分两个胃的分工。叫鸡胗的肌胃是一个力量型的胃。鸡胗内常有碾碎的稻谷和麦粒，甚至有碾碎的砂石，之所以这么强大，是因为那层皱皱的鸡胗上皮韧而有力，可以轻松碾磨食物。鸡胗皮不能吃，要将它剥离下来，翻过来，内层朝外，此时就很像野鸦椿的果。取的这层皮可药用，有个响亮的名字"鸡内金"。过去有人走村串巷吆喝着收"鹅毛、鸭毛、鸡胗、龟壳"，它能卖些钱。至于鸡肾，靠近脊椎，凹嵌在骨间，不能吃，一般会被处理掉，我们大概率没见过，就算看到了也认不出。

所以鸡胗不是鸡肾，但是偏偏像鸡胗的果被叫作鸡肾果，这个名字应该是南方人取的。到云南、广西、广东一带旅行，用餐时点一盘酸辣鸡肾、沙姜鸡肾之类的菜，上来的肯定不是鸡肾，而是鸡胗。还有西洋菜鲜陈肾汤，这个鲜肾、陈肾其实是鲜鸭胗和陈鸭胗。

我很喜欢吃鸡胗。一只鸡就一个鸡胗，端上来是要抢的，还好兄弟姐妹中只我爱鸡胗，所以爸妈都会把鸡胗还有鸡肝让给我。一只鸡能分到鸡胗，外加鸡肝，剩下整只鸡我都可以让出来，一点也不会觉得吃亏。

野鸦椿还有不少形象的别名。一个四川朋友说，他

▶ 蓇葖果裂开后，露出种子，似三星堆凸眼像

134

们那儿叫它鸡眼睛，果刚刚裂开的时候，里面黑色的种子露出来一点，看着像鸡眼睛。为此，我再次见到野鸦椿的时候，还专门找过刚裂的果，确有几分像鸡眼。为了更确定一些，看到鸡的时候，我也忍不住仔细看鸡的眼睛，确有几分像野鸦椿的果。其实这个蓇葖果完全裂开，种子未落时，看着更像四川三星堆出土的"千里眼"青铜造像，是眼睛凸出眼眶的即视感。

鸡肫或鸡眼都是形象的名字，偏偏正式的名字野鸦椿，我没有领悟到为何得此名字。椿，好理解，大概树枝和叶有些像椿树。

野鸦椿的树不是很大，灌木或是小一点的乔木。一直觉得它适合种在杂木风的庭院，没有章法的几根枝条，到了夏季，末梢挂满红果，给沉闷单调的花园一些亮色。当然初夏也可赏花，只是它青白色的花在初夏并不出众。

有一年夏天，在天目山里还见过几棵很大的野鸦椿，树梢挂满了红果子。起初，远远看去，不知树上红色的是什么东西。边上也长了一些灌木大小的野鸦椿，一样挂满了果。入住的民宿大堂和房间里也有瓶插的野鸦椿枝条，回想起来，那真是一个野鸦椿的夏天。

橘生哪儿都不是枳

秋天，橘子、芦柑、橙子、金橘吃得多了，突然想起来一个少见的同类植物，枳，就是"橘生淮南则为橘，生淮北则为枳"的那个枳。

说起来我应该是吃过枳的，不是鲜果，而是混在中药方子里喝到过，方子中有一味"枳壳"，起消食化滞的作用。至于什么味道，中药哪有不苦的呢？

"橘生淮南则为橘，生淮北则为枳"，这个说法肯定不对，橘就是橘，种哪儿都还是橘，橘生淮北变不了枳，往往会被冻死，难得结果，顶多就是难吃。倒过来，枳就是枳，即使在淮南也有很多栽培种植，再怎么培育也不会变成橘，继续往南，挪到广东也还是枳。

栽种枳当然不是为了吃鲜果，也不一定是为了做药，更多是作为篱笆或是围场植物。有一年夏季去武夷山度假，走出酒店四处闲逛，看到了一人多高的枳树，整排围住了一个园子，让人望而生畏。以枳为篱，不仅能遮挡视线，最大的优势是无论如何外面人也进不了园

子。现在常用珊瑚树为篱，大叶子，四季常绿，耐修剪，遮挡性好，仅仅是为了视觉上的隐私，你要硬挤，总还是能找到缝隙挤入，猫狗进出更不在话下。我家的狗子，年轻的时候就常常挤过珊瑚树篱笆跑出去，视若无物。但是枳围的篱笆，不要说人，猫狗见了都腿软。枳的枝条扭曲，上面布满尖刺，且不是软刺，它坚硬如铁钉，即使稀疏，亦可拒人在外。过去为了防野兽而修篱笆，首选就是枳，即使鲁莽的野猪冲过来，一头撞上，也定是头破血流，也许会一命呜呼，自送猪肉。

我也种了几株枳，来自朋友送的柠檬嫁接苗。这几棵柠檬的枝条嫁接在枳上面，柠檬不怎么耐寒，但作为砧木的枳耐寒，如此，即使在偏北的地区柠檬也能勉强生长，柠檬生淮北亦可勉强生柠檬。橘生淮北为枳，其实说的是大部分柑橘类植物主要长在南方，过了淮河往北方去很难生存，怕冻，勉强存活，结的果也类似枳一样难吃。枳是类似橘的植物里面比较适应北方气候的。通过嫁接，利用耐寒的枳为主干，让柑橘植物借其生长，可以勉强抗冻，至少主干和根系能熬过寒冷。不过嫁接在枳上，要及时清理砧木上长出来的枝条，若不去掉，

◀ 枳结的果，晒干后也就是枳实

139

作为亲本的枳条定是野蛮生长，获取大部分的养料，嫁接的枝条将因为难获养料而枯萎。我的枳就是柠檬枯萎后得来的，鸠占鹊巢，鸠亡鹊归，枳最终回归为枳。

枳很能开花结果，有点像金橘，从春到秋开花不断，花与橘、橙一样，白色，花型稍不同，花瓣褶皱，花香也弱。我将几棵从柠檬那里还回来的枳种在院子靠近路的一侧，倒也不是为了防人防野兽，只是意思一下。

枳结的果没法吃。无须尝试，硬邦邦一个，自古记载就是不堪吃，酸、苦、涩、皮厚、肉少、籽多，比绿化带中见到的柚不柚、橙非橙、橘也不是橘的东西还要没法入口。枳果入药，所以我吃过的枳是炮制过的。但是翻看本草书，发现道地药材的枳壳用的不一定是枳，更多的是酸橙。酸橙是一种像玳玳的植物，或者说两者基本上无差，只是变种。比较有名的是商州枳壳，商州就是江西新干县，当地产酸橙，取用未成熟的果，切半炮制。可见在药材商那里，酸橙即使生淮南也成了枳。

枳壳名壳，并不是外壳的壳，不是只用它的皮，而是连着果肉的。只用皮的话，有点像陈皮。陈皮便是一种橘子皮，最有名的是新会产的陈皮，在很南方的广东。

◀ 玳玳的花，白色，芳香

迎春的金橘

爸妈的院子种了一株金橘，每年秋冬季果实便逐渐成熟，熟一个就摘一个吃。每次去，桌子上都放了一小盘金橘要我吃。说不上是特别好的品种，但也不差，比起小时候那种酸得不敢咬下去、含在嘴里半天的金橘要好吃得多。

广东人看到我们吃金橘可能会捂嘴而笑：这是年宵花呀，迎春花市里卖的就是观赏的新春花卉，以桔代橘，取个吉字，讨个彩头。

花市里小小一株金橘盆栽，金黄色的果实结得满满当当，上百个不止。很多人家会买来摆在家里。商店更是喜欢，在店门口左右各摆一盆讨吉利，果实结得越多越好，个头也要大，所以现在不少金橘盆栽其实是橘子。

这种迎春盆栽不仅广东有，往更南的地方去，在越南都有。有一年去越南过春节，胡志明市的迎春花市里，见到摆满的金橘盆栽，跟广东没什么区别。现在，江南的花市也有金橘盆栽，品种不一，结的果实我摘来尝过，

酸不能入口。当然也要酸涩才行，不然一盆金橘摆在那儿，没几天就会被吃完。

每年春节过后不久，都能在小区的垃圾桶边上捡到临死的金橘盆栽。商店门口摆的金橘树更是任其死去丢掉，或叫人来扛走。这样一想，哪有什么彩头可言。

金桔又称金橘，为芸香科柑橘亚科金橘属植物。在《中国植物志》里，列了好几种金橘杂交种或是人工栽培过程中选育出来的变异型，果实风味各不同。简略摘录下来看：

1. 金弹，亦称美华金柑，日本人称之为宁波金柑，于 1799 年由宁波引至日本静冈。果皮较厚，果皮和果肉味均甜，其风味视为本属之冠。

2. 融安金柑，果皮及果肉均甚甜，果汁中等，果期 10 月至次年 1 月，分期成熟。主产区：广西融安、阳朔等地。

3. 蓝山金柑，果皮光滑，果皮及果肉均甜，果期 10 月中至 11 月中旬，产湖南蓝山县。

4. 长寿金柑，也叫月月橘、寿星橘、福州金柑，果皮油点大，松软，稍易剥离，果心实，果皮酸，果肉甚酸，果期 11 月至次年 1 月，可延至春节前后。我国南部及东南部各地有栽培，以台湾、福建、广东较常见。

5. 四季橘，果皮味略甜而绵质，有金柑香气，易剥离，果心空，果肉甚酸，盛花期 4 月至 5 月，盛果期 11 月至次年 1 月。一年四季均开花结果。各地零星栽培，以南部省区较常见。

这上面列的金橘系列中，金弹最佳，融安、蓝山也行，爸妈院子里那株应该就是这三者之一。花市常见的多是长寿金柑或四季橘，果皮有点松软，容易剥，皮肉皆酸，易结果，挂果期也久，更适合作为观赏植物。

还有一种名字直接就叫金柑的，也属于金橘属。前面所列的"某某金柑"都是金橘，只有这个金柑才是名副其实。《中国植物志》说风味比金弹更好，也是广东一带春节常见的迎春盆栽植物，这倒是赏果吃果皆好。

虽说金弹、融安、蓝山以及金柑的皮肉都有些甜，是这些金橘里面的最佳品种，但是不是还能更好呢？让果皮更好吃，果肉也更甜，挂果久，皮色更好看，既有彩头又有吃头。

我有一棵。就像橙子现在有诸多新品，金橘也一样。广西融安的金橘有一个芽变新品，结的果皮甘肉甜，多汁，果皮还是青黄色时就已甘甜，一旦橙黄则风味更佳。而且一年多次开花，花量极大。

金橘开的花也香，只是比其他柑橘类植物的香味要淡。上海院子里种的玳玳，一年也就春季能闻一次橙花香，总是过于短暂，但这种金橘从四月开始一直到九月份、十月份都有花开，花量大。那棵新品种就种在窗前，便是为了闻橙花香。

金橘的果实分批次成熟，几乎全年可以赏果。偶尔采些橙黄色的橘果，还能作为茶点。

推荐在阳光充沛的阳台摆上一盆，或是种植在花园一角，好生照料，能闻花香，也有吃头，还有彩头。

量天尺、霸王花和火龙果

朋友搞了一截昙花，放了好久才种下，气定神闲，佛系。仙人掌科的很多植物都这样，死不了，尽管折腾。再怎么不会养，最终结局也不过是长得不够好，除非你把它当水生植物。

它们还有一个特点，就是可以扦插成活。昙花，可以取一截像叶片那样的枝来扦插；仙人球，扒一个小球或切一截种，仙人柱也一样。还有量天尺，可以像蚯蚓那样切出一个足球队来，随便养养，等得起，会开很大的花，会结红色的果，拳头那么大。

有一次，在一个花群里聊昙花，聊到霸王花，又说起火龙果，大家都有一个印象，仙人掌科的植物结的果都有点像火龙果。于是问题来了，且还是跟吃有关：煲汤用的霸王花，是哪种仙人掌植物的花？哪种仙人掌植物结的果是火龙果？带着大家关心的问题，我采访了在广西种芒果的朋友，是的，我没有种火龙果的朋友，只有种芒果、苹果、柿子的朋友。小伙子热情洋溢地回答：

"虽然我种的是芒果，但是我家院子围墙上趴了一株霸王鞭，霸王鞭开的花就是霸王花，我们晒干了用来煲汤，留几朵花结果，结的就是火龙果那样的东西，切开来看跟市场上卖的火龙果也差不多，只不过我家这株结的果不是很好吃。"

查了一下资料，他说的霸王鞭其实就是量天尺。在广东广西有些地方，就是把量天尺叫霸王鞭，开的花自然就叫霸王花，晒干了就是两广地区煲靓汤的食材，结的果实的确就是火龙果。只不过朋友家的那株品种不是很好。所有想问的内容最终都聚集在一种植物上。

之所以叫量天尺，只要见过野生的就能明白。我在西双版纳见过一株，依着一株大树，长了有五六米高，你会觉得它只要有攀附的对象，就能一直往上长，它就是一把可以量天的尺子。

量天尺是怎样攀爬的呢？它不像那些藤本植物可以缠绕，又或者有较强的刺可以钩住支撑物，它靠的是身体长出来的气根，抓牢固定，附生在树木或岩石之上。也正是因为有这个能力，所以截取一截就可以扦插，很容易生根。遇到水分充足或富含养料的地方，它的气根

▶ 霸王花开花后，火龙果的样子初现

就会长出须根来吸收营养。

有一次在菲律宾南部达沃的热带雨林边缘徒步，走出雨林的时候，见到一个火龙果农场，种的是黄心的火龙果。农场里立了一根根一米多高的水泥柱子，柱子顶端固定一圈橡胶轮胎，量天尺就沿着柱子生长，根系布满水泥柱。量天尺长到柱子顶端，被截断，于是长出很多分枝，靠着轮胎一圈，悬挂下来。农场不需要让它量天，要让它开更多花，结更多果，也方便采摘。

量天尺原生美洲，在地理大发现时期随着西方人进入而传入中国，现在在南方很多地方逸生，在野外自然生长。在西双版纳见到的那棵就是逸生在野外。在广东潮州的一个村口也见过一株，攀爬在一棵巨大的橡皮树上，两者结合，几乎成了村口的风水树。

量天尺要逃离人类的庄园而在外自然生长非常容易。一个火龙果里含有无数的种子，发芽率极高，随便鸟或是人吃了火龙果，拉一坨在外面，就能发芽生长。不信你吃火龙果的时候，理一些种子出来（对的，没让你拉一些出来），丢花盆里试试，会有大量的苗长出来。如果嫌一粒一粒难搞，可以把果肉切小块，一块块浅浅

▶ 白天，就算是一大早，也见不到正好盛开着的霸王花，都是开后乍拉着

150

埋土，很快就能发芽，毛茸茸的小量天尺挤满一个花盆。

量天尺还是很多奇异的仙肉类植物的嫁接砧木，它在仙肉类园艺植物中立下的功劳，相当于野蔷薇在月季中洒下的汗水。

十二月的樱花

十二月初的东京新宿御苑，一株樱花盛放，不仅我这样的外国游客觉得好奇，本地人也在围观。

是有一些樱花在秋冬开花，新宿御苑里也有几个品种，十月樱在春、秋各开一次花，子福樱也是，三三两两几朵。在上海植物园也见过冬樱，花朵稀疏，开得勉强。眼前这株樱花则不同，一树粉红烂漫，不比早春盛放的寒绯樱、河津樱逊色。看标牌写着喜马拉雅樱，名字直指源头。

喜马拉雅山脉是野生樱的原生地，这点毫无疑问。云南就有很多赏樱地，赏花季在十二月至一月，种的多是喜马拉雅山区的野生樱花，最著名的如高盆樱桃。我对照了一下拉丁名，新宿御苑的喜马拉雅樱就是高盆樱桃。真是没想到，中国西南的一种野生樱竟然能在气候相对寒冷的东京生长，并且花季仍保持在十二月。看得出来，公园的管理方对这株樱花有特别的照顾，它在御苑的边缘，靠着墙，向阳，周围也没有其他树木遮挡。

溜达完整个新宿御苑，只见到一株喜马拉雅樱，可见它并不仅是作为景观在萧瑟的秋冬季节增添亮色，就像在植物园一样，也是留作一个品种，抑或是向人们提醒着樱花的源头。

每年樱花季，韩国都要与日本争论樱花的来源，但争的不是樱花这一植物，而是一个品种，即赏樱的代表品种染井吉野樱，也叫东京樱。韩国的媒体拿着 20 世纪 30 年代日本植物学家小泉源一的一个假说做文章，认为染井吉野樱就是济州岛的王樱。但这个假说很早就被 DNA 图谱识别技术推翻了，染井吉野樱是大岛樱和江户彼岸樱的杂交后代，三百年前起源于江户染井村。有一点特别有意思，韩国人直接把染井吉野樱翻译成了王樱，如此，两者就真的合为一体了，DNA 也拿它没办法。

中国的口气最大，反正樱花都源自喜马拉雅山区，无论怎么杂交培育新品种，归根结底都来自中国。这样说也没错，但那都是百万年前的事了，在人这个物种还没进化出来的时候，樱花已在日本生根发芽花开花落了。我们现在欣赏的主流樱花品种，的确都是日本人栽种培育的，甚至几种主要的野生樱在日本都有野生生长，像杂交出染井吉野樱的大岛樱和江户彼岸樱都是日本野生种，大岛樱还是日本独有的，原生地就在温泉胜地伊豆半岛。

赏樱一事，终归是日本特有的文化。虽说赏樱活动从中国唐代赏梅风俗而来，但终究梅、樱不同，且内容也早已经不一样。

唐朝有赏梅的习俗，诗文也多写梅。有人数过，《全唐诗》有948首写梅的诗，提到樱的诗寥寥无几，就白居易写过几首。有趣的是，白居易恰好是最受日本人喜欢的唐代诗人，远超李、杜。唐代正是日本的奈良时代，日本人如饥似渴地学习唐朝的一切，赏梅之风就是随遣唐使传入日本的。贵族中兴起了"花见"的活动，这里的花就指梅，花见就是赏梅花的意思。同样用诗歌来做比较，《万叶集》中有118首关于梅的诗歌，而写到樱花的诗歌只有44首。但相比唐诗中梅和樱的比例，从一开始，日本樱花就有翻盘的可能。

随着唐朝的衰弱，日本废止遣唐使，甚至出现了抵制唐货的运动。进入平安时代，日本本土意识觉醒，国风文化开始发展，赏樱的人多了起来。

在桓武天皇迁都平安京的时候，大内正殿紫宸殿前右侧种有一棵橘，称为"右近橘"，左侧一棵梅，称为"左近梅"。但要是现在去游览京都御所，会发现是"右近橘，左近樱"，梅改成了樱。梅樱的改变发生在仁明天皇在位期间，这是一个标志着时代变化的象征性事件，日本人爱樱胜过梅，往后凡说花，就指樱花，花见之花从梅变成了樱。

赏樱之事也比原来的赏梅有了发展。根据《日本后纪》记载，812年，嵯峨天皇在神泉苑举办了花宴，这是最早有记录的"花见"。831年，赏樱转移到宫中，成为天皇主办的例行活动。到了江户时期，樱花瞬开瞬落又与武士精神产生了联系，有了"花中樱树，人中武士"的说法。各地涌现了大批赏樱名胜，选育了很多园艺品种。最为有名的赏樱地就是奈良的吉野山，以至于在江户染井培育的樱为了能卖得更好而取名染井吉野。

樱花的兴起，在日本民间是有基础的。日本很多地方把樱叫作"插秧樱"或"播种樱"，樱花盛开时节差不多就是开春农事的时候。梅花的花期太早了，没有这样的作用。在中国，指导农事的是杏花，所谓"望杏瞻榆"，就是指看到杏花开榆钱子落，就到了耕种的时节。

无论杏还是梅，都没有在中国形成类似日本"花见"

这样的习俗。在中国，北方无梅，南方少杏，少有一种大家都爱又能在南北方都正常生长的花木。在日本，樱可以从冲绳开到北海道，日本的樱花前线就是从樱花在冲绳盛开开始，播报到北海道的樱花凋谢。"花见"最后发展成为全民行为，于是乎赏樱饮酒名"花见酒"，在樱花下饮食聚餐则为"花见宴"，一阵风来，看着樱花纷纷飘落，称为"花吹雪"。

现在看，在中国既能南北生长又能广受欢迎的花木还真的也是樱花。可幸的是，百万年前樱花的源头在中国，赏樱之事也可以圆滑通融，不算媚外，不必像韩国那样为了一点自尊，睁着眼睛说瞎话。

国内的樱花并不少，无须杂交选育，原生的樱树便能覆盖南北。如前文所述，高盆樱桃在冬季盛开，云南地区在春节前就开启了赏樱的活动。春节后不久，在福建一带，山樱花盛开，这种樱桃其实就是日本著名的早樱品种绯寒樱，花朵下垂，花色浓郁。此时，江南一带的山里，山坡上迎春樱桃盛开，花色淡粉，花枝轻薄，如云浮在山间，可比吉野山的樱。

根津美术馆

　　它的叶片细看像羽毛，有纹理，有着金黄的色泽，像是某种蕨，长在根津美术馆的庭园坡地上。不只有一株，是有好多。

　　过去并不喜欢蕨类植物，又没见过这样好看的蕨，也并不清楚眼前这几株蕨在其他季节的颜色，但秋冬这一色黄实在太美了，也稀罕。要知道与它为邻的其他蕨都是绿色的，甚至杂草也还是绿的。日本的园林不铺草坪，露出的空地多是苔藓地，寒冬腊月也是绿色。仅当边上有银杏树时，秋冬才有一地的金色。

　　在这么好看又不知名的植物面前，我有些焦虑，身在国外，还是在一家美术馆的庭院里，便拍照问询国内一位园艺专业的朋友。她养过一些蕨，前些日子还在山里采集过一种之前未见的漂亮的蕨。隔了一会儿，她回说"紫萁"，很干脆。她说山野的东西自有其气质，养回家也不一定能活，活了也不一定能长出这般面貌来。

▶　秋天的紫萁，叶子像金色的羽毛一般

她以为我是在野外见到的蕨类植物。

"但，这是在东京表参道呀！"这里是高级名牌的汇聚地，东京著名的购物胜地，哪来的野气，本来就是家养的。

不过，根津美术馆在 1940 年就创立了，当时的表参道，也还只是一条通往明治神宫正面的参拜道路。

美术馆原本是根津嘉一郎的旧居，根津是山梨郡（现在的山梨县）的商人，他三十多岁的时候，将事业重心迁到东京，收购了经营不善的东武铁道，再用铁腕手段振兴，积累了巨大财富，而后在南青山区购买了大量土地，建设住宅和庭院，时间是明治三十九年。1868 年，明治天皇建立新政府，开始明治维新，算下来明治三十九年是 1906 年，中国处在光绪年间，溥仪在那年出世。这样一想，那时候的南青山区应该还带着点野气，围一块地造庭园，地有紫萁，就这样保留下来。

有一种日本紫萁，是日本特有的，我就当它是了。当然，不能说现在的庭院仍保持着原初面貌，也说不定这紫萁在山坡上蔓延生长了一百一十年。

根津嘉一郎的庭园是围绕几间茶室而修建的，或者这么说，一切都围绕着茶而建。没有日本寺院常见的枯山水，也没有苔藓地面，它不是禅意的园子，而是一座自然的日式庭园，浓缩的山水风貌，富有野趣。我去东京之前在京都游览了好几天，京都天龙寺庭院也是如此天然，只不过根津青山庭园内有不少建筑掩映其中，像是弘仁亭、无事庵、药师堂、清溪亭等，总共有十景，大都是为茶会服务的。

根津嘉一郎是一位商人，也是一位茶人。茶人是一种身份，成为茶人才能进入一个圈子，才能遇到高级政客、皇室成员、富商财阀，可以同席饮茶，赏器论艺。这活动像中国宋明时期的雅集，只是雅集以文人为主角，商人不会在列。

成为茶人需要实力，因为茶会不是简单的喝茶，围绕着茶的是庭园、建筑、绘画艺术和茶器，体现实力需要不断收藏，实力不仅是财力，更多的是眼力。

大正七年（1918 年），根津嘉一郎又一次设茶会，招待安田财阀创始人安田善山郎等数十位贵宾。在那场茶会上，根津拿出了传为牧溪所作的《竹雀图》。牧溪是南宋画家，他的禅意画风不合于当时的绘画主流，在中国国内并未受重视，但在日本却受到极大的尊重。牧

▼ 美术馆花园里有一个咖啡馆，若是在五月，可以透窗见到花园溪流里的燕子花开

溪的遗迹多流传于日本，代表作《潇湘八景》中的四景曾是足利义满的旧藏，《龙》《虎》对幅藏大德寺，《远浦归帆图》真迹现藏于京都国立博物馆，《六柿图》藏在龙光寺，他的一幅《松猿图》影响了整个日本禅画，他被评为"日本画道的大恩人"。可以想象，当时的根津嘉一郎拿出《竹雀图》时一定震惊四座。一场茶会、一幅收藏就能奠定自己在商界、茶界、收藏界的地位。

若常去根津美术馆，或许还有机会看到另一幅牧溪的作品，那是《渔村夕照图》。根津美术馆的藏品有7000多件，大部分都是根津嘉一郎的收藏，美术馆面积不大，所有藏品只能轮换展出，能否遇上要看缘分。只有庭园整年开放，每年自然轮换也不过是一年四景。

在秋冬到庭园来，只有紫其让我惊艳了一下。若是只看花草，这个时候的确没有什么看头，连柿子都掉得只剩一个。看着庭园内的池塘和溪流，有些荒芜，但看到鸢尾花的枯叶残存，"啊呀，要是暮春来此，一定是漂亮极了"。这的确是可以想象的。

根津美术馆最著名的一件收藏，就是 18 世纪早期画家尾形光琳的作品《燕子花图屏风》，在美术馆的礼品店有很多它的创意衍生品。燕子花是鸢尾的一种。这幅作品首次被拿出来也是在大正年间的一场茶会上，那时候大概正值庭园内燕子花开，受邀者走在蜿蜒的庭园小路上，曲径通幽，再下坡地到池塘边，看到似紫色蝴蝶的花盛开，或轻描淡写，或出于礼节赞美几句，待进入池塘边的茶室，抬头，眼前正是尾形光琳的《燕子花图屏风》，此时受到了触动，大概会突然觉得此前几句赞美是多么敷衍，若不是茶会礼节的制约，多想再退回去看看那一池塘的燕子花，再由衷地赞美一下。

艺术与现实完全融合，又让思绪在两者之间跳跃，这种场面应该是根津嘉一郎"蓄谋已久"的。他根据自己的收藏，设计了庭园一景，预测了最佳时节，举办了一场茶会。尾形光琳的身世也值得那些参加茶会的人，特别是富有的商人，略微思考一下人生。尾形光琳出身京都布商，很年轻就继承了大笔家产，挥霍无度，不过这位富家子弟通晓书画，还会能乐，所以到了四十岁时散尽了家产，竟然以画师的身份活了下来。算是曲折，不是每一个纨绔子弟都有这样的本事。毕竟富有过，尾形光琳的作品总有着非凡的品位，他非贫寒苦学绘画之人，生来不愁吃穿，不求什么，就是爱上了书画，所以他画画信手而来，自然天成一般。

现在，尾形光琳的这幅作品年年展出，时间就在五月燕子花开的时候。所以我想，五月应该是庭园最漂亮的时节，那个时候紫色的燕子花在池塘和溪沟两侧盛开，庭园里应该也挤满了赏花的人。

我领教过日本的花季，樱花自不必说，春末四照花、初夏紫阳花、秋日红叶狩，每一类花叶的最佳欣赏季，在车站、公园都有宣传报告，详细告诉你去哪儿看哪些花。若正值假期，则人满为患。赏花是日本的一项国民爱好。

五月适合再来一次根津庭园，在展厅看画，进庭园赏花。只是我们体会不到大正年间那一次茶会的妙处。

我特别爱联想，看着羽毛状的紫萁，就想到美术馆馆藏的另一件作品，宋代画院知名画家李安忠的《鹌鹑灌木图》，这幅画我只见过一张模糊的小图片，有一段不知源头的文字描述："将鹌鹑身上的羽毛一丝不苟地刻出，栩栩如生。"随之就想到了它与秋日紫萁之间的关系，虽然这是我的过度联想。

事实上，庭园与馆藏之间还有不少对应关系，比如庭园里有很多石雕、佛像，有些布满了青苔，成为庭园不可少的一部分。这类石像多来自日本本国。展厅里则有极为珍贵的佛像，其中不少来自于中国山西天龙山石窟，如北齐如来头像，还有不少唐代菩萨头像，据说，有几件能够在天龙山石窟中找到它们原来的位置。

美术馆在 2009 年由隈研吾重新设计后重开，馆舍与庭园之间只有落地玻璃相隔，视线上内外融合。几件菩萨头像就展在大厅，看着多少有些不是滋味。这些佛像该是战时或更早从中国流入的。美术馆还有一类重要的收藏品就是商周青铜器，大多是我国河南等地区古墓出土后，于 20 世纪二三十年代流入日本的。

根津嘉一郎一边收藏了大量中国的古美术品，一边又担忧日本的国宝级珍品大量流失海外。他对俵屋宗达绘制的《松岛图屏风》流失海外颇感遗憾，他在《世渡体验谈》中还讲："为守护这些名宝留存国土，即使我做再多牺牲也在所不辞，我坚信日本的国宝留在国土，定是比流至海外，对国家更有益处。"听起来，仍然不是滋味。

我站在池塘边，看金鱼游来游去，眼前即使是枯枝败叶，只要来年春风一吹，又是花红柳绿，那时候紫萁的叶子是绿的，不像羽毛，但焕发出了生机。

京都植物园

　　四条乌丸往北山方向的地铁上多老年人，戴着帽子，穿着休闲，不知道要去哪里。我往北山是去京都府立植物园。

　　我的旅行习惯，每到一个城市，先去植物园和博物馆，前者了解当地的自然风貌，是空间；后者了解人文历史，是时间。两者似经纬线交织，逛完就对一个地方有了大概的认识。在植物园花上一整天时间，早晨入园，直到夕阳西下。在博物馆花大半天时间，有些城市有着世界闻名的博物馆，如巴黎、伦敦和纽约，那样好几天都会消耗在博物馆。

　　但京都是例外。

　　来京都很多次，从来没有想起要去植物园，也没想过逛博物馆。半途上自我检讨，大概是因为京都本身就是一个大花园和博物馆，我要的内容都散落在各处的寺院神社。所以，每一次在京都，不是在路上看人家种植的盆栽绿植、逛古美术店，就是在寺庙赏庭院、看偶尔开放见光的襖绘。京都"四百八十寺"，我的计划是慢慢地逐一走完。

这次突然想起来要去植物园，而且是秋天，连我自己也惊讶。总之，还是去了。北山地铁站一到，那些爷爷奶奶也一并下了车，本以为这儿有什么老年活动，结果，全部是去植物园。植物园里没有几个年轻人，这并不意外。

北山站出来是植物园的北山门，在植物园的东北角，这样可以一直逛到西南面的正门，结束旅程。植物园的中心位置还有咖啡馆，中途可以坐下来休息，吃点东西。安排很合理、自然。

很好奇全世界植物园的规划是不是有些共同的奇妙线索，隐藏着彩蛋。比如有一年夏季去西双版纳热带植物园，入门，一过南班江上的桥就看到了重瓣曼陀罗，像塔一样多层的花瓣好看极了。从京都植物园北山门进来，除了大片种在花坛作为景观的秋英，一样最先看到了重瓣曼陀罗，有紫色和黄色两种，很多人在那里欣赏、赞叹。

秋天逛植物园，主要就是看红叶和果实，但京都植物园并不是赏红叶的名胜，有一条林荫道可赏红叶，但

也并不惊艳，果实则需要细细寻找。看一下植物园的平面图就了解，这里是赏樱花的好地方，有樱花品种园和樱林，收集了大量樱花品种，总共五百多株樱花。一处地方有五百株樱，在整个日本都少见。京都本地人爱去的赏樱名所仁和寺，也就一两百株樱花。在植物园赏樱还有个好处，品种较全，能了解和认识各种不同的樱花。让人疑惑的是，各种赏樱攻略里极少有提到植物园。

植物园内还有椿园，椿即山茶，在植物园的最北边，沿着路的一侧长成一片，有各种听过没听过的品种，解决了你在日本各处常见不同山茶却不知其名的烦恼。日本的山茶名也好听，我看到几种秋日正在开花的山茶：淡乙女、秋咲白牡丹、菊冬至。

赏樱和椿都在春天，这是下一次来京都植物园的理由。另外，还有一个日本鸢尾园，看花是在春末夏初。算下来，即使是春天的花期，樱、椿、鸢尾也都不是同期，开花有先后，终究不可能来一次就轻松如人愿。

京都府立植物园有近一百年的悠久历史，是日本第一个正式的公立植物园。植物园里既建有传统的自然庭园，亦有西洋庭园。园里还造了一个神社，我想了很久，

◀　进门就见到紫色重瓣的曼陀罗，秋冬季可见的花也少，曼陀罗却还开着

国内哪个植物园里会有土地庙，好像没有，其实建一个也蛮有趣的。园里有一个茶庭露地"京之庭"，在梅林边上有一个水琴窟，总之有不少传统的庭园元素。在植物园南面有四个大花园，完全西式：西洋杜鹃园、欧式园林、玫瑰园和下沉喷泉花坛。虽然是秋天，但玫瑰园正当盛花季，是整个植物园里开花最好的区域。

植物园最让我惊喜的是它的温室，需要单独买票，且记得早点进去，因为关门较早。好在游览温室很有序，照着"顺路"走就可以。

温室不是最初就有的，20世纪90年代建设，前几年还修过，共有七个园区：热带丛林区、热带沙漠区、冷区、有用作物区、高山植物区、兰花凤梨区、昼夜逆转植物区。我逛过世界上大大小小十来个植物园，第一次看到"昼夜逆转植物区"，超级棒，很小一间，模拟了夜间的状况，可以在白天看夜间开花的植物。推门一进去就闻到了夜来香的芳香，是一整天逛植物园闻到的玫瑰香之外的唯一花香。

有用作物区还有面包树，挂了不少果，非常难得的是，同时还看到初开的花。面包树的花期很短，晚上开

▼　秋冬逛植物园，温室值得重点逛逛，能见各种花果

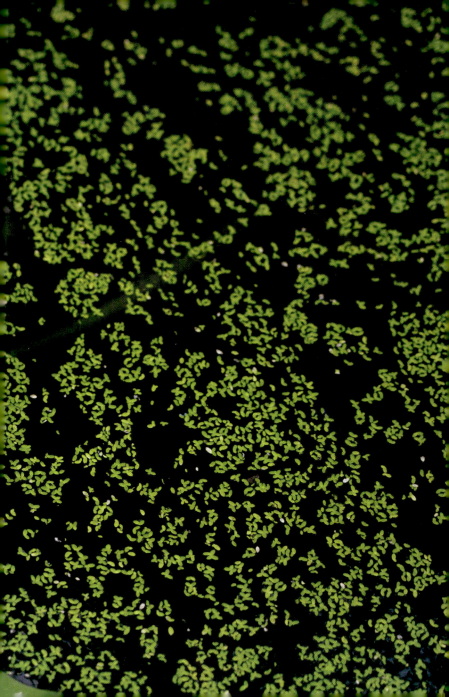

放，由夜间活动的动物完成授粉，第二天白天花即落。为了让大家不错过观花的机会，温室的工作人员在介绍牌上夹了一个红色的箭头，顺着箭头抬头就能看到正开的花。牌子和箭头每天都要重新摆放，真是够细心周到。

买门票的时候，会送一张植物园地图，背面是花卉日历，列着一年四季不同主题的赏园时间。山茶在三月底，樱花主要在四月初，郁金香也在这个时间。五六月间则是玫瑰和日本鸢尾的盛花期，心心念念的日系玫瑰都能在植物园找到。

苦楝与燕子

车子过了鸭川的二条大桥，一眼便瞥见桥头的苦楝树，哇，开花了。

前几天到静冈，一出机场，石楠花气味便扑鼻而来，就觉得静冈的物候比江南晚许多天。随后发现，的确如此，山里映山红初开，竟然还有紫藤正当花季，棣棠都有残花挂在枝头。在江南一带，这些植物的花期在我出门前两个星期就结束了。

但是京都的苦楝树还是开花了，预告夏季来了。在二十四番花信风里，小寒的梅花起首，荼蘼压轴，最后苦楝花开是春之尾声，然后就是夏之榴花。算下来，京都的花信还是有些失调，当然这是相对江南来说，比如说木香，下榻的旅馆的邻居家门口有一株白木香，这几天正好是花期，而西本愿寺的芍药也正在开花，可在我的记录里，这两种花的花期差了约十天，牡丹与木香才是同期啊。

▼　四月的楝花，紫雾一般

177

在这个季节，能确信的是燕子花开。

燕子花是鸢尾的一种，在国内不常见，在日本却是园林水景寻常要布置的植物。比如前一年去东京的根津美术馆，内里庭园的溪流中就栽种了成片的燕子花，以呼应美术馆的藏品《燕子花图屏风》。每年五月，也只在这个季节，尾形光琳的这幅作品才会展出，而庭园里的燕子花也正值花期，真是特别美好的事情。

本来就约定了今年五月再去东京，再去根津美术馆，但临时有事，从静冈下行到了京都，同行的朋友去了。一天后，她发来一组图，是美术馆庭园的照片，正是花季的燕子花，确实美极了。这逼着我临时更改了行程，决定去平安神宫的神苑，那是一个池泉回游式的庭园，院内有白虎、苍龙和栖凤三个池，池岸有若干名品花菖蒲种植，也定有燕子花。

其实平安神社的神苑是以赏垂樱闻名的，但总不能贪图一个时候看四个季节的花卉。春天来神社，能看到左近之樱花，但是也会遗憾看不了右近之花橘，而我这次恰好闻到橘花香，还有就是几个池塘的睡莲和各种鸢尾花。

▶ 燕子花同诸多鸢尾差不多，在日本还有花菖蒲，比燕子花更流行。燕子花是春夏交替时的花，花菖蒲则是夏季的花

所以这个季节去神苑也并不吃亏，而且凑巧的是，平安神社的边上竟然还开了一间茑屋书店，我要的书籍一次购齐。

参观完神苑，本想去青莲院。很多年前去过，记忆中那里的庭园很美，只是印象模糊，想再去看看，但时间有些尴尬，在书店买完书后，再去青莲院也不够时间，于是决定步行回二条大桥，去拍几张苦楝花的照片。

每年春末想看苦楝花，没有一年达成目的，不是看到了树但花未开，就是发现树上已经挂满了青色的苦楝子。这次机会难得，因为树在桥下，人在桥上，可以近距离赏花，于是沿着二条通走回去一站路。

二条大桥边的这棵苦楝树刚开花，一个花序上只有两三朵盛开，但一树都是花苞，气味浓郁。要不是桥墩在修葺，围了隔离带，我可以认认真真地拍些苦楝花。

好吧，夏天要来了。

土佐、狩野和贝多罗

大德寺的兴临院有棵贝多罗树，被正儿八经地写在那张小十六开的黑白介绍单上。一所建于 16 世纪的寺院，有关它的介绍上特辟一节讲一株树，我脑子里浮现的是千岁银杏秋冬落叶的盛景。绕着方丈室走了好几圈也没见着如此壮景。

找院里的工作人员询问，讲解员清水先生正忙着给团队游客介绍方丈建筑以及附属的绘画，于是就等他。

兴临院有几幅画颇有名堂，如狩野元信的水墨山水和彩色花鸟麝香猫，以及土佐光信描绘的鞑靼人。听不懂清水先生讲的内容，但正好读过日本美术史，对这两个画家知晓一二，因为二位的来头实在太大了。

土佐光信，室町时代（1336—1573）著名的大和绘画师，擅长画人物，比如著名的"鞑靼人"，更擅长画妖怪，被尊为妖怪画的开山宗师，最为有名的是《百鬼夜行绘卷》，"百鬼夜行"就是形形色色的鬼在夜间现身。日本有一个集子叫"宇治拾遗物语"，有点像《聊斋志异》，出现在 12、13 世纪，这本集子里描述了很多鬼怪，不像"聊斋"里的鬼和妖精都化为人形，且多是美女，《宇治拾遗物语》里记录的鬼有各种造型，有些有角，有些是独眼，有些是兽头，形态各异，而且这些鬼都挺乖的，不大害人，太阳一出来，通通消失。

土佐光信大约是最早把这些鬼视觉化的人，他笔下的鬼怪表情丰富，肌肉线条富有动感，有些颜色也艳丽，全身赤色或青色，头发也有绿色或金色，造型各异，想象力极为丰富。土佐光信对后世的影响实在太大了，以至于后来的人凡是画妖怪，无论形象还是画风，都脱离不了他的影响。但这幅有趣的《百鬼夜行绘卷》不在兴临院，在隔壁的真珠庵里。

再说狩野元信，也是室町时代的画家，他父亲是狩野派的始祖狩野正信，父子俩都担任过足利幕府的御用画师，这个家族开创了著名的狩野派。狩野派起初是一种带有一些大和风的中国画，与土佐光信的土佐派大和绘是两个路子。其实，土佐光信是狩野元信的舅父，元信的狩野派画风杂糅了不少舅父的绘画风格，从而为这一派支配日本画坛三百余年奠定了基础。

虽说狩野派在室町时代崛起时，以土佐派为代表的大和绘已式微，但是后来影响浮世绘更多的还是土佐派，土佐与狩野两派几乎承包了日本古代绘画史的大半壁江山。

要不是被介绍单页上的贝多罗树给吸引了，真不如以兴临院为契机，稍微查点资料，再听一下讲解，铺展开去，把日本绘画史再给顺畅地复习一遍。类似兴临院这样的点在京都还有很多，因为土佐与狩野两派在当时几乎承包了京都各宫殿、寺院的障子绘、袄绘、屏风绘。

除了兴临院有两幅狩野元信的作品，在大德寺的各个院里，还有不少这位狩野派二世的作品，特别是大仙院，其客殿袄绘是狩野元信的代表作之一，还有一组《四季花鸟图》也在大仙院，另有一组方丈障壁画禅宗《祖师图》，原来是大仙院的，现藏东京国立博物馆。

我不知道清水先生有没有对大家讲这些事。在自己的院里说别家院有更好的东西，我想出于常理，应该不会。

大仙院跟兴临院一样是大德寺的二十一座塔头之一，塔头就是分院的意思。在大德寺逛，主要就是逛几座塔头，像是龙源院、瑞峰院、高桐院等。龙源院很棒，除了枯山水，还有几件藏品可看，有丰臣秀吉和德川家康在伏见城内对弈时用过的四季草木莳绘棋盘，以及最早进入日本的火枪。瑞峰院亦特别，枯山水庭园有飞石可通往别室。高桐院则是庭院深深深几许。

很多塔头不对外开放，像藏有《百鬼夜行绘卷》的真珠庵就没有开放，所以看不到各式妖怪。大德寺的本坊也不常年开放，一年就几次对外，也就几天，很难遇上。本来计划去大德寺看几幅一休宗纯的字，完全没有机会。

清水先生很快就介绍完了方丈建筑和里面的画，又带着人入茶室讲解。大德寺有好几十个茶室，兴临院这个比较特别，除了有一个蹲口，边上还有移门，所以，并不是进茶室都要弯腰从蹲口钻进来啦，也可以挺直腰板从移门进，这是它的特别之处。茶室里传出一阵"哦""哈咦""嗖嘎"，然后人们鱼贯而出。

清水先生终于空了下来，坐在廊下休息。"再给我们介绍一下茶室吧。"同行的曹雨佳小姐会说日语，就这样要求。"哈咦！"他还是很开心，说了很久，我惦记着"贝多罗树"，便问他。"哦，贝多罗。"他马上带我们去看，在西北角，是一株小树苗。其实我见它都三次了，真失望。

清水先生说贝多罗的叶子可以当纸张用，以前佛经就是写在这上面的。我一听，那不就是贝叶经吗？但是刻写贝叶经的是棕榈类植物，汉语树名为贝叶棕，完全不是眼前这棵树的样子嘛。而且它还是南方的植物，在京都栽种也有困难。眼前这棵植物与贝叶棕毫无关系。

清水先生应该是不清楚这个事情，他摊开他手上的那本册子，里面夹了几片卵形的叶子，上面还写了字，但其实什么树叶上都能写字。

这事兴临院一定搞错了。贝叶棕的叶子撕下来是条状，而且不是拿来书写，文字是用铁笔或竹笔刻上去的。那原本是南亚的植物，在西双版纳的佛寺也见过，有一些傣文的佛经就是在贝叶上刻写的。

或许还有一种解释是树木的替代。寺院里种植佛教植物，比如五树六花，要在南方才行，往北就逐个替换，像是菩提树在北方寺庙多半是无患子树。兴临院这棵树倒是有几分像弥勒佛的道场树，也就是龙华树。寺院的庭园不能让游客进去，我也不能靠近细看，不敢确定。

不过，清水先生提到了一个很有意思的知识点。日本邮政里，书写的邮编和地址前有一个"〒"符号，清水说那就源自贝多罗树的树形，最初是为了表达书信往来。这个符号倒是有点棕榈植物的样子，上面是叶子，下面是主干，没有分叉的枝丫。

这株"贝多罗树"边上还有一间迷你的屋状建筑，很奇怪，在其他庭园里没见过。我问清水这是干什么的，他说这叫"鬼门"，建在西北角，是为了抵御西北方向蒙古人的侵犯。

他问，蒙古人对中国的侵犯是不是从中国西北进入。

是啊。但是，蒙古人也侵犯过日本，从朝鲜渡海，在九州登陆，当时还是镰仓幕府，从镰仓的位置来看，蒙古人是从西南方入侵的，即使从京都的角度看也是西南方。看来，兴临院的"鬼门"是替中国着想。

兴临院方丈前庭的枯山水很不错，也与中国渊源很深。一座石桥，说是模仿寒山、拾得生活的天台山国清寺的石桥。国清寺门前的石桥我见过，也走过，在这里见到，这份感受只能意会，不能言传。

能把鬼画得栩栩如生，又把虚构的世界用砂石搭建出来，却似乎把活生生的贝叶树给搞错了，实在难以理解。其实，兴临院外种了不少棕榈类植物，虽然不是贝叶棕，但应该就是贝叶棕的替代，形态也很像日本邮政的"〒"符。

四照花

离开东京的那天早上，起得很早。旅行在外，总是贪图大清早那段时光，天已亮，商店门未开，街道清冷，对很多人来说，逛无可逛，却有值得我游荡的地方。

有一年在瑞士，晚上赶到雷蒙湖北岸的葡萄酒庄参观酒窖，那天行程很紧，第二天一早还要赶去洛桑。本来是品酒，最后还是喝到酩酊大醉，大醉中使劲掐自己大腿，"一定一定要早起啊"。好酒不伤人，早上四点多就醒来，披了件衣服出门。三月份的瑞士，冷得人瑟瑟发抖，我从葡萄园里走，枯藤老树，园地土壤松软。出葡萄园，我踩着厚厚的被泥土包裹的鞋，穿过村庄，与上学路上的学生打招呼，越过沿湖的铁道，在雷蒙湖里捡了一块小石头回来留念。那块小石头现在还在家，装点着花盆的苔面。

去年秋天在京都旅行，同行的朋友还在睡觉，我起早，在所住民宿周边的小街道溜达。京都居民家门口种

▼ 四照花的"花期"久，因为白色的四瓣其实并不是花瓣，而是花序的苞片，可耐一个月

189

的盆栽很值得一看，看着多而杂乱，其实精妙，每一季都好看，春天有花，秋天有果。在一家小酒馆门前第一次见到玉果南天，还看到人家门口种的草珊瑚结着橘黄色的果。那天让我得意的是，一不小心逛到了朱雀院遗址。看过《源氏物语》，知朱雀帝，这朱雀院竟然就在住所不远处。想到一千多年前，这儿发生过那么多理不清伦理的男欢女爱，感觉街道都不再冷清。

在东京的那天早上要去新宿御苑，早上十点得回来归还钥匙，走得很急。一出门就看到了一种果子，停下来拍照。有人家门口摆了几只大缸，种了树，结着像荔枝一样的果。脑子一下短路，想不起来叫什么。

拍完照片，急急走了，走好远，忽然记起名字来，叫四照花，又折回来观察。

从来没有这么近看四照花的果实。在杭州的山里见过四照花，虽说不是特别高大的树木，但也不是触手可及。眼前这几大缸四照花，红色的果，被着白色的细毛，有长长的果梗。看着像荔枝，仿佛可以吃的样子，其实也真的可以，清甜可口，就是没什么肉。但在异国他乡，又在人家房前屋后，不敢随意动手。

细察过结了果的四照花，再走在街头巷口，发现东京街头有好多四照花。五月，一位朋友在京都旅行，拍了不少照片，说京都街头到处都是四瓣的花，除了白色，也有粉色和红色。我一看，那是四照花啊。我没在那个季节去过京都，所以不知道四照花在日本那么常见。

秋天一直在逛寺庙，也没太留意到，见到的都是万量、千两、南天和栀子，其实稍一抬头，常能见到四照花结的果。往新宿御苑的路上再见四照花，没有果子也认得出来了，它残留的叶子会有点发红，有些甚至通红。

说起来也有意思，四照花与日本真的很有关系，正经学名，有一种叫日本四照花（*Dendrobenthamia japonica*），还有一种东京四照花（*Dendrobenthamia tonkinensis*）。

日本四照花也叫东瀛四照花，在日本分布广泛。这是真正学名带 japonica，原生地也主要在日本的植物。若是了解过植物分类，会发现好多名为 japonica 的植物反而在中国更常见，有些甚至原生地在中国，日本只是从中国引入栽培。这是因为早期掌握着命名权的西方植物学家先到了日本，也是最先在日本观察到了这些植物。

东京四照花的"东京"就有些奇怪了，是 tonkinensis 而不是 tokyoensis，它是南方植物，分布在中国的云贵、

两广以及越南，跑不到日本东京那么北。我很认真地查找了一下两广或是越南有什么地方曾被叫作东京，发现原来越南的首都河内在19世纪以前叫过东京，后来迁都顺化，东京改叫河内，但习惯一直都在。法国殖民时期，西方人把以河内为中心的越南北部地区都叫作东京。这样看来，东京四照花的"东京"应该是越南的河内，与日本东京并没有什么关系。

在新宿御苑入口处还见到一株高大的树，结了一树红果子，那是大花四照花，原生美洲，花朵也是四片，但结果不同，红如宝石。这种植物就显眼了，秋天一树红果红叶，入冬叶子落尽，只留红果。去东京国立博物馆的时候，在上野公园就见过一株大花四照花，结满果子，如红宝石镶满一树，令人惊艳。

以大花四照花为代表的美洲四照花与以日本四照花为代表的东亚四照花现在归入不同的属，前者是山茱萸属，后者是四照花属，此分类虽有争议，但姑且如此。

大花四照花学名 *Cornus florida*，种名 florida 跟东京的 tonkinensis 一样，值得一提。Florida，念出来就知道是指美国的佛罗里达，但它的本意是"花"，在西班牙

◀ 四照花的果似荔枝，也能吃，只是肉少籽多，就像木通的果，似香蕉，能吃，也是肉少籽多

195

语里，"开满花的"就是 florida。美国的佛罗里达最初是西班牙殖民地，热带沿海的温暖地区，繁花似锦，西班牙人就叫它 florida，一个鲜花盛开的地方，后来美国人打败西班牙，拿下了这块地，仍叫它 florida，这块美好的地方成了美国人的度假胜地。

美洲四照花虽与东亚的四照花有些不同，但花开时的主要特征还是差不多的。哦，要说明一下，我们以为四照花是四片花瓣，其实不是，那是四片苞片，花是聚在苞片中心的一簇，四五十朵小花聚一起，一般是小花开了以后，四片苞片才会舒展开来。

以我的审美，东亚四照花的四片苞片比美洲四照花要好看多了，如利刃裁出来一般有型。

所谓"四照"说的就是这四片苞片，有人从《山海经》中挖出一段话来说四照花之名的由来，还颇有点意思：

> 南山经之首曰鹊山。其首曰招摇之山，临于西海之上，多桂，多金玉。有草焉，其状如韭而青华，其名曰祝余，食之不饥。有木焉，其状如榖而黑理，其华四照，其名曰迷榖，佩之不迷。

说招摇山上有一种树，长得如"榖"，也就是构树，开花光芒四照，叫迷榖，佩戴这种花就不会再迷路。显然这里的四照不是指四照花，说的是花的光彩，光彩四射照迷途。这段文字提到了构树，构树之果倒是与四照花之果有几分相像，红色，似荔枝或杨梅。

四照这个词，以前的确多用来形容花之容貌光彩四照。"冠五华于仙草，超四照于灵木"，这是南朝鲍照《芙蓉赋》里的句子，说的是芙蓉花。还有"开四照于春华，成万宝于秋实"这样无比整齐的句子（《北齐书·文苑传序》）。

四照之名为何给了四照花，大概就是对应"四"吧，刨去十字花科的植物，花为四瓣者不多，虽说四照花之四为苞片，并非花瓣，但古人没那么讲究。在晚春初夏碧绿的山林里，白花四瓣，如一群白羽的鸟停在树林，名为四照，是再恰当不过了。

初夏在日本，见四照花盛开于街巷，怦然心动。

纽约植物园巨魔芋

就差那么几天，没能看到泰坦魔芋展开它巨大的紫红色褶边围裙。不是错过了花期，而是还没到时候，却又无限接近。纽约的电视频道已经将摄像机摆在了泰坦魔芋前，一些人在与植物园的工作人员交谈，询问它什么时候才能盛开。工作人员摇摇头，表示随时可能，但给不了确切的时间点。

人们在聊它的气味，叫它 corpse flower，也就是"尸花"，因为它一旦开花，就会释放出恶臭，类似腐烂的肉味。但没开花的时候真是一点味儿也闻不到。我靠得很近拍照，以为多少会嗅到一点臭味，却是清新得很。它那一人多高的绿色佛焰苞裹得紧紧的，看上去极为扎实，既不露色也不散味。

我们熟悉的石楠与山楂之花是让人尴尬的气味，泰坦魔芋之花则是臭得让人恶心反胃。

之所以要有如此重口的味道，原理和花香其实一样。花香是为了吸引蜜蜂蝴蝶来采蜜，花臭则是想吸引

吃腐肉为生的苍蝇和甲虫前来。而且为了让臭味远扬，它的花序还会升温，可达到36℃。英国BBC有一部纪录片很详细地介绍过泰坦魔芋的开花过程，动用热成像技术，明显可见泰坦魔芋开花的时候，花序的温度比周围要高出许多，温度越高，臭味就可以传得越远，还可以吸引到一些对温度较为敏感的昆虫。

泰坦魔芋的整个花序设计了机关。从别的花朵上逃脱的昆虫，身上沾满了花粉，它们闻着臭味寻来。初开的魔芋花序臭味浓郁，但花序和佛焰苞很光滑，昆虫四处搜寻，想着"烂肉呢"，便一不小心滑落花序底部。初开的魔芋花先成熟的是雌蕊，于是这就完成了异花授粉。等到第二天雄蕊成熟，花朵已经松垮，昆虫折腾着，沾满新的花粉逃脱而出，再次寻着臭味前往别的魔芋花。

植物园的温室里没有苍蝇和甲虫，但是这棵大魔芋边上有很多小的魔芋苗。我问植物园的工作人员，没有昆虫怎么繁衍这种魔芋，他们说捂着鼻子人工授粉，跟我用毛笔给家里的蓝莓、草莓刷花粉也差不多，但是因为需要异花授粉，所以要收集不同花的花粉，这便带来

◀ 开花前一天的泰坦魔芋，闻不到一丝臭味

了难度，可遇不可求。

泰坦魔芋从种子发芽、生长到开花有一个漫长的过程，纽约植物园设计了一张泰坦魔芋的生长周期图，放在即将开花的魔芋旁。泰坦魔芋是天南星科魔芋属球茎植物，种子发芽后，地下会发育出一个球茎，地上则长出一片叶子，这片叶子很大，叶柄似树干，叶片在叶柄的顶端分叉，呈三个分枝，每个分枝上又有许多小叶，整体看上去像一棵小树，叶子通过光合作用吸收能量，储存在球茎里。这片叶子的生命差不多有12到18个月，然后它便会枯萎，植物随之进入休眠期，地下球茎等待着下一轮生长。在一轮又一轮的长叶、收集能量、枯萎、休眠、再生长的生命周期过程中，球茎越来越大，叶片也越来越大，地下球茎最大可达直径六七十厘米，而叶柄可以高三四米。

叶片生长循环了六七年甚至十来年，终于在某一轮中，球茎上生长出来的不再是叶片，而是一座塔一样的东西，这就是它的花序了，它进入了花期。若不是植物园，没人等得了这般漫长又不确定的周期循环。

纽约植物园温室里的泰坦魔芋不是第一次开花。翻了一下植物园网站上的历史记录，上一次是 2016 年，

隔了一年便能再见有魔芋开花，几乎是一个不可能的频率，但就这样发生了。而我从古巴回国的半途在纽约中转，硬是要跑一趟植物园，又碰巧周二是纽约植物园的休息日，还能让我遇上，真是撞了狗屎运。当然运道还是缺那么一点点，距离开花差了一些时间。后来有纽约的朋友提及 2018 年这次泰坦魔芋盛开，时间正好是我去植物园的第二天。擦肩而过。

在纽约植物园的历史记录上，还有两次泰坦魔芋的开花记录，一次 2006 年，一次 1939 年。这中间的空白，不知道是漏记还是的确没有开花，若是后者，跨度近七十年，这是多么可遇不可求。

泰坦魔芋是原生在苏门答腊岛的一种巨大的天南星科植物。1878 年，年轻的意大利植物学家、旅行家奥多阿尔多·贝卡里（Odoardo Beccari）在苏门答腊岛的热带雨林中发现了它。如此巨大的花出现在眼前，把他惊呆了，当然气味也将他熏得够呛，后来他写了很长一段文字来描述他所见到的这种魔芋，包括佛焰苞的颜色、刺鼻难闻的气味以及整个开花结构的高度和直径，"一个成年人站在边上伸手够不到花的顶端，张开手臂都不够佛焰苞的一半"。

他收集了种子带回意大利，种了一些在佛罗伦萨朋友的花园里，培育出来的一些幼苗又转送给了英国皇家植物园，十一年后，也就是 1889 年，泰坦魔芋在英国皇家植物园首度开花，轰动伦敦。这是泰坦魔芋人工栽培开花的第一次记录，此后的人工栽培开花记录也不过百次。

现在，苏门答腊岛上的原生泰坦魔芋已濒临灭绝。原因自然要归于热带雨林所受到的破坏。繁殖地的减少，尤其是种子传播过程中关键因子"马来犀鸟"的数量锐减，使得泰坦魔芋种群分布范围越来越小。马来犀鸟以泰坦魔芋的果实为食，这种鸟的肠道很短，吃进去的魔芋果子仅仅是外层果肉被消化就被拉了出来，恰好达到最佳播种状态。现在这条生态链变得越来越脆弱，野生泰坦魔芋的灭绝风险越来越高。

提到泰坦魔芋总会提及大王花，它们都生长在婆罗洲雨林，都很臭，都是大花。大王花是世界上最大的花，而泰坦魔芋则是草本植物中花序最大的——注意，它是在草本植物中花序最大，没有"草本"和"花序"这两个限制，它排不上最大。印度有一种植物叫巨掌棕榈，花序有十几米高，那才是花序最大的植物。

这次纽约植物园的泰坦魔芋开花很隆重，不仅 YouTube 上有很多视频，《纽约客》杂志上也有非常详细的关于它开花的记载。纽约人翘首等待，但也不可能天天去植物园守着，一则路途不近，二则门票也不便宜。植物园还是比较贴心的，专门为它设置了摄像头，让人们可以在网上实时了解，一旦开花，人们就涌向植物园。

泰坦魔芋的花只绚烂一天，随着恶臭释放，它十几年的生命也走到了尽头，或者说进入了下一个轮回。

娑罗夏椿

纽约没有梅雨季，夏椿照旧开花。满地的白花，黛玉看了，不知会伤心成怎样，完全来不及葬。好在天气晴朗，又有风，落花在影影绰绰的光影之下不失美感，赏心悦目。

椿在日本指山茶花，夏椿就是"夏日的山茶"。大部分山茶都在春季开花，不同种类的花期从早春至暮春。也有不少盛开在秋冬季节，一样花季漫长，从秋冬开至春日。但撇开秋、冬、春三季，独在夏季开花的山茶极少。夏椿难得，它的花期从六月初至七月初，恰好是整个梅雨季。

夏椿是一种原生日本的山茶，在中国另有一个听起来更专业的名字"红山紫茎"，过于专业且有些唯物，不如夏椿之名有诗意且意思明了。

我在纽约第一次见夏椿，纯属偶然。正在植物园里逛着，接到朋友的电话，于是低着头一边说话一边四处游走，见到一地落花，抬头又看到一树白花。

夏椿的最佳赏花地自然在日本，尤其是京都妙心寺的东林院。我去过妙心寺，是秋天去的，当时还不知道妙心寺是赏夏椿之胜地，所以没有注意到哪个院内有夏椿树。

东林院的官网上可以查到寺院专门的夏椿赏花会时间，差不多是每年的六月中旬，正是梅雨滴滴答答没完没了的时候，东林院方丈庭院里的十几棵夏椿盛开。此时，院方会开放庭园，开办"娑罗花鉴赏会"。访客进入东林寺，跪坐在正殿，面对庭院内一树白花，花朵在雨水浸润下一朵一朵地落下，人们看着苔藓地上落满白花，洗心悟道。

之所以叫"娑罗花鉴赏会"，是因为夏椿在日本佛教界指代娑罗树。

娑罗树在佛教中常被提及。佛陀在娑罗林中双树之间侧卧，头顶向北，进入涅槃。如悉达多在毕钵罗树下成佛，毕钵罗成了菩提树，佛陀在娑罗双树下涅槃，娑罗树便成了涅槃之树。在修建佛教寺院的时候，那些与佛陀有关的植物常被布置在前庭后院之中。有一年去西双版纳旅游，走进大佛寺，一一对应寻到五树六花 *，

◀ 夏椿，夏天开花的山茶的意思，比起正式的红山紫茎之名，形象多了

这几乎是小乘佛教寺院内必备的植物。北方的寺院，苦于热带植物难以种植，不得已会选择替代植物，比如，很多寺院会选择椴树来替代毕钵罗树作为菩提树，其实它们只是叶型有点像。

夏椿之花朝开夕落，一日便是一生，见之易生无常之感。椿又是日本人最喜欢的花卉之一，若要在樱花之后选择人气花卉，椿一定排在前列。所以夏椿很早就被日本寺院择为娑罗树的替代。成书于13世纪，日本镰仓时代的名著《平家物语》，开篇诗就是："祇园精舍之钟声，奏诸行无常之响，娑罗双树之花色，显盛极必衰之兆。"

在纽约看到的夏椿，是很大一棵树，虽然不时有落花，但并没有那种盛极必衰的感悟，即使这棵夏椿开花已有时日，步入花期的尾声。也许是因为阳光灿烂，不是让人抑郁的雨天，赏花就是赏花，看山还是山。

我从地上捡了一朵夏椿的白花，一边打着电话一边细细看着，它白色花瓣的边缘有不规则的锯齿，有点蕾丝边的样子，不由得感叹，花朵还真是漂亮啊。

＊ 五树六花的五树指毕钵罗树（菩提树）、高榕、贝叶棕、槟榔和糖棕，六花是指荷花（莲花）、文殊兰、黄姜花、鸡蛋花、缅桂花和地涌金莲。

切尔西药草园

　　第一次去伦敦是为了看切尔西花展,住在切尔西区的斯隆大道(Sloane Avenue),在伦敦老城区偏西面一点的地方,步行到举办花展的皇家医院不过二十分钟,离地铁站也够近。

　　切尔西区是伦敦的富人区,往花展的这二十分钟路程非常值得,一个相机,两个镜头,慢悠悠走过去,在几个社区间穿行,拍些花草特写、花园的搭配,这一段路最后就花去了一个上午。这里每家每户门口的迷你花园都建得精致,藤月绕门,天竺葵摆窗台,紫藤爬墙,杜鹃、南天竹被伺候得干干净净。社区大都开放,有各种公共的小花园,绿地也是不含糊,花草丰富,搭配富有想象力,维护得也好。

　　在一拐角处见到一株开满白花的树,惊诧,走近一看,竟然是一株藤月,枝干依着一棵树的主干起来,枝条搭着树枝,像树一样舒展。边上一小伙正在洗车,水

▶　药草园内有历任园长或相关植物学家的介绍,不少是我们熟悉的植物猎人

"omnia mirari etiam tritissima"
wonder at everything, even the most everyday things
Linnaeus's motto

珠四溅，一条彩虹映在月季树前，五月盛放，漂亮极了。我正准备拍照，小伙的水龙头停了下来。还在一路口见一墙的白花紫藤贴着墙面铺展，至今惦念。

但最大的念想是泰晤士河边的切尔西药草园。沿着皇家医院路一直往西南走，闻到一点水汽的味道，就到了。

切尔西药草园是英国第三古老的植物园，仅次于牛津大学植物园和爱丁堡皇家植物园，创立时间是1673年。这个有三百多年历史的老园子丝毫不见老迹，各种鲜花盛开，没有荒废任何一个角落，总是新鲜活泼的样子。几个园丁在忙碌着，修剪播种移盆，弄得干净整洁。

药草园出了一本书，讲当时之所以选在泰晤士河边，是为了方便药剂师的驳船，周边收集来的植物，通过水路运来，稳稳当当，上岸就可以种下。想象一下通过马车运来的植物，一路颠簸，还有几成成活的概率？地理大发现时期的植物，通过海运再转入内河，非常顺利。另外，从植物生长的角度来考虑，河水带来的湿气也可以形成湿润的小气候。

我在药草园历任园长的一长串名单上寻找，看是否能找到熟悉的人名，比如某位到过中国的植物猎人，结果还真找到一位，罗伯特·福琼（Robert Fortune）。熟识这位福琼先生是因为他在中国传奇的盗茶经历，我写《茶行录》专门有一篇写他。是他在饮茶之风吹起来的时候告诉欧洲人，"你们喝的绿茶和红茶其实是同一种茶树的叶子做的"，引起轰动，被全欧洲人嘲笑。他也因此一举成名，获得了多次去中国的机会。他成功将中国茶引种到印度，还从福建带走了一批茶工，将红茶的制作技艺带到了印度。

在受雇于东印度公司到中国盗茶之前，福琼在切尔西药草园当园长，而在当园长之前，他已到过中国几次，替英国皇家园艺协会搜罗中国植物，像打破碗花花，他经常在中国的坟墓上看到，粉红色的花朵美丽迷人。他将它引入英国。他收集到了金钟花和迎春花，这类金色的花在气候寒冷的早春开放，适合英国的湿冷气候。他似乎特别喜欢此类在寒冷季节开放的植物，比如其中一次在香港，他把八个装满植物的沃德保温箱运回英国，其中就包括了三种冬天开花的灌木：华南十大功劳、郁香忍冬、苦糖果。苦糖果是郁香忍冬的近亲，结心形的果实，漂亮极了。还有一种开心形花朵的植物也是他运到英国的，就是荷包牡丹。

▼ 园内一百年来都是这般风貌

对英国来说，罗伯特·福琼最有意义的贡献就是把茶树从中国移植到了印度。而在那些园丁的眼里，他的最大贡献自然是发现并移植一百多种植物到英国。

我在药草园还看到了一株巨大的珙桐树。珙桐在国内不常见，但一眼看到，我还是马上就认了出来，它处在花期末尾，两片大大的白色苞片耷拉着，远看像是白鸽停满树，它也因而得名鸽子树。虽说中国不常见，但珙桐是中国特有的珍贵树种，国家一级重点保护植物。其拉丁名是 *Davidia involucrata*，这是因为法国传教士大卫首次发现了它，并为其命名了拉丁种名。

有一位比福琼更为著名的植物猎人将珙桐带入了英国，此人名亨利·威尔逊（Henry Wilson），他比福琼晚很多年到中国，曾五次到中国西南山区，引走了近千种植物，他对英国花园的影响比福琼大多了。当时的西方人说中国是世界的中央花园，在我看来，中国西南山区是中国的花园中心。有好几年的时间，威尔逊在西南山区考察，心中念叨的就是那位法国传教士发现的珙桐。他历尽艰辛，最后在川鄂交界的高山中找到了它，激动地在日记里写道："就是那轻微的风也能把她吹动，仿

▶ 园内有很大一棵珙桐，五月白色花朵似白鸽子一般停在树上

佛树影里的蝴蝶或展翅的小鸽子。"鸽子树珙桐引入英国后，于1906年首次在英国开花，引起轰动，欧洲各地的花商纷至沓来，没几年，瑞士、法国、德国、比利时、荷兰等欧洲国家都有了它的身影。若四五月间在欧洲旅行，很容易看到高大的树上有片片白鸽。

切尔西药草园并不是收集世界各地植物的所在，英国的植物收集地在皇家植物园，切尔西药草园的定位就是药草植物，植物依药用价值分类，条理清晰。在其三百多年的历史上，仅有过一次争论，讨论是否要往全面的植物收集发展，最终还是决定保持初心。

现在的药草园面积不算大，也失去了紧贴泰晤士河的那块地。园子里有一家餐厅，我很想在那里用餐，但是坐满了人，甚至有人端着餐盘到花园里用餐，实在没地方了。它的礼品店里卖很多手绘植物图谱，有印刷品，也有真迹。在那儿能深深体会英国人对花草的热爱，遗憾的是，年轻人不多，且都是女性。热爱花草园艺似乎是英国中年妇女的美好归宿，她们把逛花园当成是社交，逛完园子，再坐下来喝下午茶，聊一下花草种植的经验，传一下八卦。

事实上，切尔西花展也差不多是这样一场活动。

墨尔本皇家植物园

一

定了三个闹钟，从七点闹到七点半，半小时接龙，才把我彻底叫醒。在酒店里匆忙吃了点东西，喝了杯苹果汁，就赶往雅拉河南的墨尔本皇家植物园。初秋清晨的墨尔本，凉风阵阵。

来澳大利亚之前，在华南植物园林海教授的介绍下认识了蒂姆·恩特威斯尔（Tim Entwisle），他是维多利亚州皇家植物园（Royal Botanic Gardens Victoria）的园长。维多利亚州皇家植物园由两个植物园组成，一个是墨尔本皇家植物园（Royal Botanic Gardens Melbourne），一个是新建成还没几年的克兰伯恩皇家植物园（Royal Botanic Gardens Cranbourne）。克兰伯恩皇家植物园在墨尔本东南约六十公里的地方，我看过图片，是一个设计现代的植物园，非常壮观，这次不知道能不能省出时间来去一趟。与蒂姆电子邮件往来几次，约好了时间，九点在鸟林大道（Birdwood Avenue）的天文台大门（Observatory Gate）见，然后他会带我在植物园走一圈，如此优待，让我兴奋不已。

蒂姆瘦瘦的，非常精神，如林海介绍，很友善。把我的书给他，因为都是中文，对他来说就是一个图画本子，他说他儿媳是重庆姑娘，可以翻译给他看。

我好奇一个问题，上来就问蒂姆："为什么澳大利亚的几个植物园都叫皇家（Royal）植物园，跟英国皇家植物园一样与英国王室有关吗？"蒂姆笑笑说："没有，没有，皇家一词更像是尊称，代表了这个植物园的地位，或者是认同，但与英国王室并没有产权上的关系。"在任职墨尔本皇家植物园前，蒂姆在悉尼皇家植物园和英国皇家植物园邱园工作过，我开玩笑说他是一直吃着"皇家"饭的人。蒂姆说世界上大概有六七个名字带有 Royal 的植物园，除了澳大利亚的两个，还有加拿大皇家植物园，泰国清迈也有一个，斯里兰卡有一个康提皇家植物园，另外英国有好几个。

墨尔本皇家植物园建于 1845 年，汇集了来自全球各地的一万两千余类、三万多种植物和花卉，这里几乎收集了澳大利亚所有原产植物和花卉种类，还培育有两万多种外来植物。植物园里最多的就是桉树，好几百种，目之所及的大树基本上都是。正因为如此，很多墨尔本植物园的人介绍植物园就是一句"都是树"，甚至介绍澳大利亚的景观，也是说"都是树，那种树皮会掉的树"。

不过蒂姆提醒，有一类植物在澳大利亚的分布比桉树更广，数量也更多，那就是山龙眼科植物，从乔木到灌木都有，它们是澳大利亚大陆上植物领域的真正霸主。

墨尔本的夏季很热，但冬季温暖，没有霜冻，蒂姆说除了郊外的山里，这里从来没有下过一次雪。因此，几乎热带、亚热带、温带的所有种类树木都可以生长。蒂姆带我去看一片荷塘，夏季花期刚过，只见荷叶和几枝莲蓬。我说荷花在亚洲特别普遍，广受喜爱，但在欧洲就没见过，只有睡莲，一直不明白为什么。他说他也很少在欧洲见到荷花，大概因为欧洲夏季不够热，冬天又太冷，不太适合。

蒂姆带我看荷塘的目的是想介绍他们植物园的水系。一般人逛植物园很少会留意，因为墨尔本植物园的池水看起来并不够干净，不像其他植物园的水景，池水清澈，碧波如洗，而是长满水草和浮萍，还有许多野鸭在池塘里翻滚嬉戏觅食。墨尔本植物园的水系其实是经过专业设计的污水处理系统，实际功能要优先于景观功能。城市的一部分污水进入植物园水系，经由不同层级的水池，通过各类水生植物来净化，最后进入专门的管道。这部分处理过的水，正好用来浇灌园区的植物。

蒂姆叫我留意一下植物园的水龙头，凡龙头是浅紫色的，那便是系统处理过的水。我看到园丁提着水桶过来取水，再一株一株浇水，没有奢侈地拉个皮管喷洒，毕竟墨尔本是一个比较干燥的城市。

因为湖面养了浮萍，它生长迅速，几乎布满湖面，远远看去与湖岸的草地无缝衔接，所以，在湖岸常有绳子拦着，立一块牌子，上面写一段警示的话，大概意思就是："布满浮萍的水面看上去像草坪，狗和小朋友会误以为这可以踩上去，请家长们一定要看好自己的宠物和小孩。"

正因为墨尔本干燥，冬季温暖，除了收集来的澳大利亚本土植物，岩石区植物的生长状态看上去更好，在我看来这是墨尔本植物园的精华。这个区域种植了非常多的南非、南美和加州的植物，比如龙舌兰、仙人掌、莲花掌，特别是多肉爱好者喜欢的黑法师、绿法师，长得非常壮观，仙人掌一类的植物也结满了果实，有一些红到发紫，果实个个完整。

植物园内有一些建筑和植物有些来历，是澳大利亚历史的证明。一栋叫拉·特罗布小屋（La Trobe Cottage）的木结构建筑，在维多利亚州还是新南威尔士州的一部分的时候，是地方官拉·特罗布的住宅。此宅原在雅拉河北岸，于1966年时移到了植物园，作为历史的纪念物。

还有一棵"分离纪念树"，巨大，那是1851年种下的。那一年，维多利亚州发现了黄金，英国便批准它从新南威尔士殖民区脱离出来，单独成立殖民区。墨尔本人得知这一消息后，欢欣鼓舞，想要有一个纪念，于是维多利亚殖民区的总督在植物园里种下了一棵红桉。另外，有不少名人、政治家种植的纪念树，多得看不过来。

蒂姆带我去看一棵小树苗，是尼克·凯夫（Nick Cave）在2014年种的椴树，喜欢音乐的人应该知道尼克·凯夫，要说他是澳大利亚音乐教父也不算太过分，他是维州人。植物园之所以让他种一棵椴树，是因为他有一首歌，里面有一句歌词："I put my hand over hers, down in the lime tree arbour." lime就是椴树，这句歌词也刻在这棵树的标牌上。树就种在湖边，与歌曲内容很合。

回到酒店以后，想着既然来了澳大利亚，是不是应该听一下尼克·凯夫的歌，于是网上搜了一下，才发现，在维姆·文德斯（Wim Wenders）的电影《柏林苍穹下》里有一段现场音乐表演就是尼克·凯夫的歌。在还是文艺青年的时候，我很喜欢德国导演维姆·文德斯，《柏林苍穹下》都没看明白，也看了好多遍，对尼克·凯夫的那段表演还是留有印象：穿着红衣服黑马甲在台上嘶吼，台下的人摇头晃脑。其中有一个镜头，他抽了一口烟，回头把烟吐掉，我一直记得。那个时候我就觉得，怎么这么酷。

　　在植物园吃了一个果子，是在蒂姆的推荐下摘的，一种艳红色的小果子，挂满了树。蒂姆先摘了一个，咬了一口。要不是他推荐，我看到这种色泽的果子是不敢吃的，当时就勇敢摘了一个，一尝，有点绿豆蔻的香，就把整个吃了，甜甜的，水灵灵的，想起来像是莲雾的滋味，一看牌子，果然与莲雾一样都是桃金娘科蒲桃属。

　　蒂姆吃了半粒，接着说，也不要多吃。看到我已经把一个都吃了，马上又说，但也没关系。

　　有意思的是，我在酒店看到服务生调鸡尾酒用到一种果汁，瓶身上贴的标签图案竟然就是这一种水果。

二

在墨尔本新认识的朋友卓承学一大早来丹德农山的奥琳达（Olinda）接我。他在澳大利亚最大的一家景观公司工作，周四专门请假，带我去克兰伯恩皇家植物园。这个植物园在墨尔本东南，离墨尔本市区有五十多公里。奥琳达虽然在墨尔本东，但因为是山路，从这儿往植物园的实际路程反而更远了。

但这个植物园一定要去，在国内的时候，林海教授就推荐过。前些天在墨尔本植物园，还和园长蒂姆聊起过克兰伯恩皇家植物园，他自然是说那个植物园有多棒，墨尔本植物园是一个很传统的植物园，一百多年前的设计了，而克兰伯恩植物园是一个新世纪的植物园，完全不是传统观念，那几乎是他们近二十多年来做的最重要的一个项目。我第一次见卓承学，约在南墨尔本的圣阿里（St Ali）咖啡馆，聊的是他们在墨尔本花展做的巴比伦花园，但很快就聊到了克兰伯恩植物园，他预先就打印了一些资料，推荐我一定要去。我说我是很想去，但苦于交通，他马上就说周末可带我去，把我高兴坏了。最后因为他周末有事，改为周四请假带我去。

我前一天刚到丹德农山，还没出过门，一大早驱车在山里，感受到了极好的空气，比之墨尔本的干燥，山区湿润许多，周围都是两三米高的树蕨和参天的桉树，若从天空俯视，我们的车只是在树缝里穿行吧。一离开山区，就直接冲进了大陆，进入开阔的平原，完全两种风貌。

快到植物园的时候路边有标识，循着走即可，但到了植物园，依旧没有我以为会有的大门，直接就是很小一间访问中心，这跟墨尔本植物园一样，低调到"我们不过是在里面有计划地种了些植物罢了"，并没有特殊的大门与外界做一个显眼的分割。

不过在访问中心的门前，已经能看到植物园标志性的部分红砂花园（Red Sand Garden），这个花园用成千上万吨赭色的砂石铺成，象征澳大利亚中部地区的地表特色，东北部边缘还有新月形的几行隆起，形似干涸湖泊的湖岸。内部用圆或线条隔离出块状地来种植澳大利亚中部的原生植物，都是一些适合在盐碱地和干旱沙地生长的植物，类似某种滨藜，澳大利亚原生的雏菊、草树、袋鼠爪之类，这些植物基本上都还没有中文名，只能说个大概。

红砂花园的红砂上铺了乳白色的流淌的块状物，像牛奶流淌到了沙地上，在远处看不清具体是什么材质，进入园子靠近了才看清，是由不规则的瓷砖拼接的。这是一个艺术作品，名为季节性湖泊（Ephemeral Lake），象征盐碱湖的水分蒸发之后，湖床上留下的块状盐分。

之所以认为红砂花园是整个克兰伯恩植物园的标志，特别是季节性湖泊的设计，是因为进入植物园后，这种流淌的曲线出现在了很多地方，比如休息处的条形长凳、部分花坛的分割、道路动线、海岸植物区的设计，甚至一些建筑的线条都是如此。我还注意到一个细节，所有路面两侧边缘都是圆角，类似我们谈论的苹果手机圆角设计。

仔细分析红砂花园，这个植物园的立意可见一斑，就是体现澳大利亚的原始风土。红砂花园代表的是中部地区，往里进去还有海岸区、荒漠区，以及豪森山脉（Howson Hill）、吉布森山脉（Gibson Hill）和高地的设计，远古的澳大利亚风貌区（Gondwana Garden），以及本土植物步道的设计等等，这是要把整个澳大利亚不同区块的地貌甚至不同时间线上的植被状态浓缩在这个花园里。所以克兰伯恩植物园的这部分有着很重的人工设计痕迹的花园被叫作澳大利亚花园（Australian Garden）。

澳大利亚花园是克兰伯恩植物园的核心部分，之外还有面积更大的、没有太多人工干预的自然植被部分。

这个浓缩的澳大利亚还有一个更浓缩的版本，也叫澳大利亚花园，2011年参加了切尔西花展，并拿下了当年花园展览（Show Garden）的金奖，英国女王还进入这个花园参观，与当时的墨尔本植物园园长菲利普·摩尔斯（Philip Moors）寒暄。那个时候，真正的植物园内的澳大利亚花园还没全部建好，直到2012年下半年才完工，菲利普·摩尔斯也在当年宣布退休，第二年蒂姆从英国皇家植物园回来继任。

澳大利亚花园的设计方是澳大利亚非常有名的景观设计公司Taylor Cullity Lethlean，设计的理念就是希望探索人、植物和风景之间的关系，他们认为艺术可以起到连接的作用，这也就是为什么这个植物园有很多现代艺术设计元素。

而这种连接的结果也被设计在这个澳大利亚花园里面，比如在入口处就设计了五个小花园，由不同的设计公司设计，多元花园（Diversity Garden）、节水花园（Water Saving Garden）、未来花园（Future Garden）、家庭花园（Home Garden）、儿童后院（Kids' Backyard），花园里还有若干小花园。到了最北边的区域还有五个花园。这些花园不管怎么定位，都有一个概念基础，就是如何应用澳大利亚本土植物。

植物园的中北部还专门设了一个咨询台，提供本土植物的种植指南，特别是桉树，告诉你如何选择品种、如何种植、如何养护。

克兰伯恩植物园与墨尔本植物园在定位上有很大的不同，墨尔本植物园就是我们一般认识中的植物园，种植有世界各地的植物，做不同植物的分类，看上去更加自然，人的痕迹并不明显，至少在景观上没有太多人的因素。而克兰伯恩植物园则更关注人与植物的关系，建立起这种关系的纽带就是本土植物和艺术，特别是花园艺术。

卓承学告诉我，澳大利亚很注重这一点，他说政府曾经还有过鼓励政策，种植本土植物可以获得一定的补助，这种补助并不一定是直接的金钱补助，而是可以以更廉价的方式得到植物，还可以获得种植的咨询，等等。

世界上最小的花白菜价

　　世界上最小的睡莲是侏儒卢旺达睡莲，它在非洲卢旺达的原生地已经灭绝，幸亏在灭绝前，有几株养在德国和英国的植物园。2014 年，新闻报道说养在英国邱园威尔士公主温室的卢旺达睡莲被偷了。我当时写了篇文章，开玩笑预测：这种睡莲很快会出现在花鸟市场，被高价售卖。

　　"小伙子，我这儿有世界上最小的睡莲。"

　　"多少钱一株？"

　　"去年十几万一株，今年养得多了，便宜，两万。"

　　"哦，那我明年来买。"

　　没想到，八年后，我当时这段虚构的对话真的出现了，不过价格并没有那么夸张，但是最初叫价也要好几千。

　　我当时还写，到了 2115 年的某一天，我在逛花鸟市场，被摊主叫住：

　　"老头儿，我这儿几盆世界上最小的睡莲要不，便宜了，全拿走的话，两块。"

"这么多年过去了，才降价啊！"

但现实残酷，降价速度没有那么慢。2022年秋，侏儒卢旺达睡莲小苗的价格已经落到了百元以内。我不愿意等到2115年，太过遥远，也不是很现实，于是就入手了一盆。

不知道卖家最初获得这种睡莲的源头在哪里，是当年小偷从威尔士公主温室偷得来的盗版后代，还是英国、德国植物园在培育了一定量之后，开始对外售卖的正版？之所以价格下降很快，并不是因为我当时说的组织培育，而是因为这种睡莲开花结果后孕育的种子量巨大，只要掌握了播种技巧，就是以一变百、以百变万的加速度，价格根本守不住。

当初在原生地之所以灭绝，是因为村里搞建设，切断了水源，以至于睡莲无水而死。植物园一直难以扩展种群，是因为不了解这种睡莲种子萌芽的条件，没有掌握技巧。

侏儒卢旺达睡莲与我们所知的睡莲不大一样，它并不需要太深的水，甚至在淤泥状态就能生长。如果水太深，花后结果，一旦种子没入水下，便无法萌芽，要撒在湿润的泥土表层，水不淹没种子，才有可能发芽，因为侏儒卢旺达睡莲的种子萌芽需要有二氧化碳的参与。

我没有买种子，直接买了小苗，收到苗一看，也不是很小啊，叶片足有一块钱硬币大。我有一棵种了好几年的小睡莲，最大的叶片也不过一角硬币大小，比卢旺达睡莲足足差了九毛钱。可惜我不清楚自己种的这棵睡莲叫什么，它是养花人送的，来源地是花鸟市场。因为是园艺种，它失去了与卢旺达睡莲比大小的资格。

既然卢旺达睡莲是世界最小，我只是找了个碗，在荷花缸里匀了些泥，便将苗埋进去。不像别的睡莲那样需要将水没过苗，让叶子浮起，卢旺达睡莲的叶子有些挺，叶柄也不是很长，水到泥土表面即可。

另外，它不耐寒，10 摄氏度以下可能会有问题。北方有暖气，摆在室内不用担心。江南一带，冬季寒冷，没有暖气的室内温度够呛。另外睡莲这类植物，想要开花需要充足的光照，能晒尽晒，才能满怀信心等开花。我入手的时候是秋天，若没有人工干预，整个秋冬不可能见到它开花，它能活着熬过去就已经是万幸了。

想到 2015 年那年去邱园，专门去威尔士公主温室找残存的卢旺达睡莲，希望能看一眼，想着运气好的话还能见到花，但是兜兜转转好几圈，各种睡莲都见了，就是没见到卢旺达睡莲，当时觉得大概是保护了起来，或是为了避免再次被偷，转移了养护地。

没有见到，当然非常遗憾。好在现在自己也拥有了一棵，虽然便宜，仍倍加珍惜。不过，终究难敌大环境，在冬天的时候它真的差点冻死，叶子越来越少，最后只剩下基部有一片小叶子。春天到来的时候，室外温度跑到 10 摄氏度以上，我才把小碗放到了外面，就那么一小碗，大晴天来一两个，要是没看到，忘记浇水，就会干透。果然一次出差回来，就留给我一碗硬邦邦的泥土，死绝。但我也没有放弃，浇满水摆在偏阴的地方等奇迹，不抱任何希望却又殷切期盼。过了一段时间，真的又见一个嫩嫩的芽长起来。那种幸运的感觉，宛如它在卢旺达原生地灭绝了，好在植物园还保留了一棵。

天气越热，睡莲的长势越好。给足阳光，终于见得花蕾，于是等花，终于见花，花朵很小，不过一枚五角硬币大小，白色，花心淡黄色。算不上优秀的观赏植物，只是背后的曲折，时不时让人唏嘘。

西番莲的百香果

　　春节在越南旅行，住在芽庄的自由中心（Liberty Central）酒店，早餐的自助餐有百香果，紫红色外壳的品种，每天要去得早才能拿到，晚了，要么没了，要么剩下一个两个干瘪的、卖相不好的果在那里，提醒你，"下次要记得早起哦"。

　　领班是一个会说几句中文的腼腆小伙，我问他百香果还会再有吗，他进厨房拿了一个来给我，但餐盘上硬是不再添加。

　　百香果很酸，对切，挖一勺瓤来吃，有些过分。当然很多人都这么吃，还吧唧吧唧把籽给咬碎了，说籽的营养特别好，富含高级蛋白。要是没有那么酸，我也可以尝试。一般介绍百香果的文字，都会说它含有香蕉、菠萝、柠檬、草莓、番桃、石榴等上百种芳香，我的味觉和嗅觉没这么灵敏，分辨不出这么多来，但它香味的确复杂。

　　百香果放入酸奶中拌着吃，或是兑果汁喝，特别是加入到芒果汁中，好喝程度直接就是一个涨停板。

实在不明白酒店为什么要限量提供百香果。在热带地区，百香果是容易获得的水果，市场上卖得也不贵。它的植株叫西番莲，虽然原生地主要在中南美洲，但现在普遍在热带地区生长，而且生长很容易，常常能在热带的花园见到西番莲，花果同期，产量不低。我在越南的旅行中，多次见到西番莲，胡志明市、邦美蜀，在芽庄也有见到，开着花，挂了果。也许是因为多消耗一个百香果就意味着多一罐酸奶被吃掉，甚至被多喝掉一杯果汁，这样算下来成本的确高了不少，而且通常人们吃完早餐还会再顺走一个百香果。但无论如何，自助餐厅的营业时间还没结束，餐盘就空了且不再添加，有点过分。若从一开始就没有，无从说起，那也就算了。但它出现过，还剩下一两个干瘪的在那里，是要告诉我们，"呐，还没拿完呢"。而且他们的厨房里实际上还有，我这不是就要到了一个吗。

也许，他们是在鼓励我们这种爱百香果的人要早起吃饭。这真是一个积极的方法，百香果就是 passion fruit 嘛，只有一早起来充满 passion（热情）的人才能吃到。

话说回来，若餐厅有百香果，我是真的会顺走一个

甚至两个的，回到房间，把果子切开，开一瓶水，挖果肉放进去，加一点咖啡台上的砂糖，晃匀了，正好一瓶芬芳甜蜜的饮料，出门可以带上。如有蜂蜜，堪称完美。

芽庄的马路边有一种水果店，摆满了各种水果，但不单独卖水果。它其实是现榨果汁店，当场选择水果，然后榨汁，无论你点什么水果榨汁，最后多加一个百香果进去，果汁的好喝程度就会翻倍提升。

百香果是果汁之王，只可惜要南方甚至热带才出产。

第一次吃百香果蛋糕是在泰国的甜品店，觉得这芳香是刚从枝蔓带来的，表面还粘着几粒百香果的籽，软软地一口咬下去，果味从牙齿触到了牙龈，碰到了舌苔，软塌塌的，命都要被带走了。当然，现在国内糕点店里常有，一点不稀奇，但是产地直接出品，感觉总是好很多。

百香果是西番莲的果实，这样说不够确切，百香果是西番莲科西番莲属下某几种植物的果实，原生的主要是两种，一种果皮黄色，一种为果皮紫色，各有优缺点。黄皮种的果大，果汁丰富，但是香味相对少一些，也非常酸。紫皮种也叫鸡蛋果或紫果西番莲，它的香味特别丰富，也甜一些，但是个小，果汁含量少一些。所以现

◄ 哥伦比亚龙珠果在热带是野花野果一般的存在，它的花也是时钟一般，果实外有一层蕾丝般的苞片，比较特别

在市场上常见的是它俩的杂交种，果皮紫红色，果汁含量高，香味丰富，甜许多。

西番莲属下有好几百种，有些果实长得特别，比如有一种哥伦比亚龙珠果，个小，是西番莲中长相最奇特的，因为果子外面多了一层碎碎的苞片。这种龙珠果在热带地区逸生，我常在路边荒地上见着，它的果实甜而可食，就是小了一点。

百香果虽然以香味著称，但是植株西番莲的花却没有香味。很多花园会种西番莲，因为它的花实在太不一般了。我看到它的花就会想起江南一带常见的油点草，它的花也似复杂的机械零部件组合。

西番莲花像是一只表盘，时针、分针、秒针都有，下面还有一层，是五根针的，其实是雄蕊和花柱，所以西番莲花也被叫作时钟花。这种表盘还有不同的颜色，深紫色、红色、淡紫色、白色都有，还有不同色的搭配。不同种的花瓣也有一些变化，有些花瓣大一些，有些短小一点，有一些还反转往后。

现在，即使不在热带地区，也能在超市里买到百香果，但西番莲花没办法看到，也许植物园的温室里有。

▶ 百香果的花，一层一层似精密仪器，让我想起江浙一带常见的油点草的花

血缘最正的菩提树

那棵毕钵罗树不在印度，也不在斯里兰卡，早已枯死，淹没于尘埃之中。

若要追根溯源，寻到它存世的遗留，在斯里兰卡的阿努拉德普勒（Anuradhapura）有一棵毕钵罗树，与乔达摩·悉达多禅定觉悟时替他遮风挡雨的那棵最为亲近，历史久远。

我一大早在科伦坡北郊的小城尼甘布坐上火车，前往中北部的阿努拉德普勒。火车北行，一路小站皆停，极慢，还好火车很空，打开车窗，可以安静地欣赏当地风土。到站下车已是午后，查看地图，正好走了一半路程。火车到此已是终点站，往北连铁轨都没有了。我要在这里折往东去。

车站外有几辆摩托车和嘟嘟车揽生意，用简单的英语聊了一会儿，便上了一辆嘟嘟车，穿越乡野湖泊，赶到一个小城，在司机的指引下，上了一辆大巴，摇摇

▶ 从菩提寺外也可见大菩提树，它几乎已经撑满了寺庙空间

242

晃晃又好几个小时，终于在太阳落山前到达阿努拉德普勒。

满城都是古迹，抬头即可见高耸的巨大佛塔，树木掩映间有破败的寺庙、宫殿的断壁残垣，猴子成群跳跃，野狗四处躺平。

这是一个有着两千多年历史的古城。早在公元前377年，阿努拉德普勒就成为古代僧伽罗王国的首都，延续了千年。随便走走，脚踩的都是千年以前铺设的地面，一不小心就走上了古都的地基、寺庙的墙根。

定都阿努拉德普勒后不久，佛法传来。印度孔雀王朝的阿育王派长子摩哂陀罗汉来岛上弘法，此时在位的僧伽罗国王提婆南毘耶帝须王在城外的米欣特莱迎接摩哂陀，从那以后，僧伽罗人摈弃了同样是印度传来的婆罗门教，改信佛教。

不久，僧伽罗王国的一位公主要出家做比丘尼，阿育王得知后，派女儿僧伽密多来帮助公主受戒，同时在佛陀证悟的那棵毕钵罗树上截下一段树枝带到阿努拉德普勒。僧伽罗王国为此树枝建设了一个高台，迎种其中，从此神圣的"大菩提树"便在斯里兰卡留下了后代，保存了基因。

菩提有觉悟的意思，毕钵罗树被叫作菩提树，意即"觉悟之树"。

这棵觉悟之树不仅活到现在，从它这里获取枝条扦插繁殖的毕钵罗树还分布在了斯里兰卡全岛上万所寺庙中，没有一座寺庙的院落中没有毕钵罗树，每一棵毕钵罗树都有着佛陀证悟时那棵菩提树同样的基因，每一座寺庙的毕钵罗树都是菩提树。

阿育王公主带来的那株菩提树在阿努拉德普勒菩提寺里开枝散叶，至今树龄两千三百多年，当地人尊称其为"大圣树"。

我抵达阿努拉德普勒的当天傍晚便去了菩提寺，寺门口躺满了野狗，周围杂草丛生的荒地上，时不时有白鹭飞来飞去。阿努拉德普勒整个都城遗址在19世纪才被发现，修缮至今。古城古寺既破败又完整，像废墟，又仍生活着，带着信仰。很多信徒走来，也有僧人来往，相遇了，或有亲近，会聊天，也或有开示。

寺内的那棵两千多岁的大圣树树冠极大，已经很难独立支撑，人们用了许多支架撑起树枝，它又蔓延出好几株，散落在寺庙间。很多人在树下打坐、念经，寻求

▼ 寺内菩提树下，有不少信徒打坐念经读经典

245

觉悟。

树下放有一些陶罐，有人拿到寺外提水，回来给树浇水，我想着来一趟不容易，浇水也是善行，更何况是给一棵两千多年的圣树浇水，便赤脚去打来一陶罐水，绕着菩提树走，将水洒在树下。这是我浇灌过的最老的树，这也是与佛陀缘分最近的时刻。只是我心里时不时冒出一些功利的念头，完全克制不住，应该会影响功德的累积。

如今，印度的菩提伽耶也还有一棵大菩提树，其实源于我眼前这棵。

13世纪时，为避免伊斯兰教徒破坏，摩诃菩提寺被埋于土堆。遗址在1881年出土，已经完全处在印度教地盘的菩提伽耶得以修缮重现。此时，圣地场景需要复原，但大菩提树早已不见，随便种一棵毕钵罗树显然过于敷衍，所以需要寻找血缘纯正的菩提树，而人们能找到的与佛陀最为亲近的菩提树，就是阿努拉德普勒的这棵毕钵罗树。

据说当年带到斯里兰卡的枝条选取的是大菩提树的南枝，因为斯里兰卡在印度之南，所以迎回印度故地的枝条，应该是从大圣树上截取的北枝吧。这根枝条种在了摩诃菩提寺的西侧，此后菩提伽耶又有了大菩提树。

从植物学角度看，这几棵毕钵罗树都是释迦牟尼佛的觉悟之树，因为都是无性繁殖，在基因上一模一样，但以我们俗人的认知，这已是爷孙三代，阿努拉德普勒的毕钵罗树与觉悟之树更为亲近，现在菩提伽耶的那棵树一去一回，算下来已是第三代了。

阿努拉德普勒的这棵毕钵罗菩提树是斯里兰卡仅次于佛牙的国宝，我见过亦浇过水，在树下念过"阿弥陀佛"，时不时自我感觉良好，似与众人不同。后来到康提，去见佛牙，希望更上一层楼，佛牙寺的仪式隆重繁复，佛牙离得很远，都不知道有没有真的见到。

金刚菩提子

秋日，拉萨。

在房间找了根缝衣针，斜躺在旅馆的院子里，清理新买的金刚菩提，将缝隙中的果肉纤维一根根挑出来。阳光暖和，身心平静，像是念了佛，入定开悟，到了无物不有的舍卫国。

时间慢慢流逝，光线像扫描仪一样，带着阴影，从西向东扫去，直到被建筑挡住，一瞬间变冷，一天中最舒服的时光就过去了。细碎的菩提子纤维落了一身。

捣鼓金刚菩提那几日，是西藏之行最美好的时光。闲暇无事，逛拉萨的小店，在八廓街，顺着人流，绕过去，一家一家地看，买一些菩提子，新月、金刚、凤眼、菩提根等，上当，吃亏，再看，再买，乐此不疲。

金刚菩提，据说有可摧毁一切邪恶之力量，但是遇到我这种植物爱好者，清楚知道它不过是圆果杜英的种子，这是一种生长在热带亚热带的常绿阔叶植物，不稀罕。杜英本来就常见，江南也有一种杜英，四季常有零散红叶，被尝试当作行道树，表现不佳。它也结果，却结不出圆果杜英那种无坚不摧的金刚种子。

虽说圆果杜英在南亚及东南亚很普遍，包括中国南方两广及云南也有生长，但还是以尼泊尔产的为最佳，就像山东的苹果、马来西亚的榴莲，某些产地的水果会特别甜或特别臭，风味特好，自然某些产地的菩提子在一些人心里会特别有佛缘。要知道，《金刚经》开篇提到的舍卫国也在尼泊尔，而舍卫是"无物不有"的意思，物产丰饶，所以尼泊尔的金刚菩提定是最好。

常见的金刚菩提五瓣，便宜。当然，大小以及圆润度也影响了价格，我看到有店员闲着没事，拿着有不同孔径的标尺给菩提子分类，一粒一粒从圆孔里经过，分出等级。很少有种子能受到这般优待，也许农科所优选种子才要经此程序。

奇货可居，六瓣的金刚菩提就值钱多了，还有七瓣八瓣，最多可达十七瓣。不同瓣数的金刚菩提各自拥有不同的神秘含义，许多信徒或伪信徒深陷其中，追求上等的菩提子。但是无论什么样的金刚菩提子都一样嵌满了果肉纤维，看上去脏不拉几，在用来念佛之前，最好是要清理干净。

金刚菩提的表面崎岖，布满皱褶，坑坑洼洼，果肉纤维嵌在缝隙里面，要用硬毛的牙刷来处理。即使不在拉萨，跑去北京、上海的文玩市场，那些卖菩提子的店里，店员也是拿着牙刷不停地刷着金刚菩提。玩菩提子的人都有过这种经历：曾经不屑的酒店牙刷成为至宝，因为刷毛够硬，甚至开始怀念小时候刷球鞋的猪毛板刷。当然，要彻底处理干净，得一粒一粒清理，得像我那样，闲得实在无聊。因为在更高海拔的古格拍摄纪录片，又是马年，在冈仁波齐转了山，入秋了天寒地冻，回到拉萨休整，每天无所事事，特别安静，才会生出那份闲心。

另一种叫凤眼的菩提则没那么多麻烦，当然，价格也贵，让人瞠目。

凤眼菩提是鼠李科枣属埃塞俄比亚枣的果核，核上有一眼睛状的纹路，因而得名凤眼。其实是因为开花时有两枚花柱，子房两室，形成了两个尖头，刚好是一只眼睛。若是花果变异，生出三枚或四枚花柱，那么就形成三个尖头或四个尖头，如此，就不是凤眼了。但是，有才华就任性，三个尖头形成的三角形被叫作龙眼，四角形的则是麒麟眼。用凤眼串佛珠，在佛头位置则安排一粒龙眼，这是标配。

风眼菩提很贵。直径十二毫米、一百零八颗一串的全新风眼菩提，四百是拉萨的最低价了，低于十二毫米，价格从八百往千元以上奔跑，越小越贵。

当然，这些指的都是新菩提子，老的就不是这个价了。我不喜欢藏地流传的老菩提子，带着一股浓浓的酥油味。这不仅是藏族人常年念经带来的，也是一种对菩提子的处理方法。特别是风眼菩提，有一种处理方式就是放入酥油里浸泡，使菩提子颜色变深，看上去更老。

陪朋友在色达买过一串老风眼菩提，八毫米的珠子，开价六千，说是从牧民那儿收来的，还价三千，不卖，第二天又去，还是三千，拿了回来。跑到拉萨，被人看上，一万也有人要。朋友笑得合不拢嘴。

菩提子这东西奇怪，不过是植物的种子，年年都有产出，它不像其他农产品会被消费掉，要是不遭遇火灾，会一直存世，但是它的价格每年都涨，特别是风眼菩提，一年一价，只涨不跌。

人很奇怪，在西藏生活，手上没有一串菩提子，就神不守舍，特别别扭，出门可以不带手机，但不能忘拿菩提手串。回到内地以后，手上拿一串菩提子就显得特别油腻，于是一一收了起来，擦拭干净，加干燥剂装袋，不然一个梅雨季，珠子就长毛。

每当秋日，天气好的时候，斜躺在自家院子里，阳光照着，懒洋洋的，就会想起大昭寺旁鲁固巷里的林仓大院，那里曾是十三世达赖喇嘛的经师林仁波切的住所，被改成了精品酒店。屋顶有露台，全日照，露台边缘摆放了一圈盆栽，开着各色的天竺葵。我在那里住过一阵，晒着太阳，用牙刷刷过金刚菩提子。

解落三秋叶

一

水岸的好时光在秋。前两天在水边晃悠，看到荻花开，就是这样的感想。

春天的杨柳岸也不错，晓风残月，但绿丝绦向着河，在岸上走着，无论在这岸还是对岸，是看不出什么杨柳好风光的，需坐船观岸，降低视角，才有景色。小时候坐船进城，驶进栽种了杨柳的小河道，船舷几乎贴着岸行，真的是杨柳拂面，用手去撩开柳条，满面青涩味，是春天的气息。到了夏天，风光都去了湖面上，十里荷花，与人有距离，与水岸也不相干了。只有秋天的岸，有风有景，都是向着岸上的人，水面是背景。

说秋天的芦苇和荻开花，其实是果序成熟了，花在夏季就已开过，只是成熟的果序胜似花。秋天的风越过水面而来，掠过芦荻，风有了声音，也就有了瑟瑟的样子，此时的水岸显得特别生动。人在岸上，那拂过来的

255

风，凉得让人赶紧收紧衣服。其实风并不冷，但是经过了芦荻，就像是被调了味，心理上总觉着是萧瑟的。

我是在江南的水乡绍兴长大的，见河边的芦荻散开似白花，就知道要冷了。不用几天，芦荻都会被人割走，那景象看上去荒凉，冷飕飕的，特别是芦苇，留下芦秆一根根立在水边，毫无生气，是冬的预兆。

割去的芦荻穗子，晾干了，用麻绳扎了做笤帚。笤帚与扫帚是不一样的，至少在绍兴，它们是两个东西。扫帚是用竹梢做的，很硬，大，粗犷，是扫户外院子的。笤帚是用芦荻或是高粱糜子扎的，特别是荻花做的笤帚，柔软，小号的，是扫屋里的，一楼都舍不得用它扫，专扫二楼的卧室。

用新的笤帚扫地是一个技术活儿，扫不好，就会越扫越多，因为果序会不断落下来，轻飘飘的，用力过猛就扬起来，满屋子都是。小时候，父母最怕我们小孩子打架玩耍用笤帚，耍得满屋子都是芦荻穗子。笤帚毕竟是草本的，寿命不长，扫着扫着花果序就慢慢掉光了，最后剩下的笤帚柄像极了老太太的小脚。笤帚柄不好惹，是大人打小孩子屁股的武器，好比是鸡毛掸子。

这样听起来，感受一下，这秋天的水岸真是瑟瑟，有些冷冽。

我说水岸最好的时光在秋，那是因为除了芦和荻，还有木芙蓉，那是热烈的、妖娆的、一日三变的花。

要是放在百花盛开的春夏，木芙蓉自然也不算出彩，好花儿太多了，但秋天能有绿叶红花，是少见的。更何况木芙蓉还能开出白粉红三色之花来，花色时刻在变，花也有单瓣重瓣，花大如面，树形若是重剪过则是灌木状态，若是几年未动刀，则可长成乔木，几乎是以一己之力扮出群芳斗艳。

木芙蓉喜湿不耐旱，所以《长物志》上写"宜植池岸，临水为佳"，这不只是为了园林造景，而是为了宜生长，"若他处植之，绝无丰致"，所以被称为照水芙蓉。

芙蓉之名，不单指一个植物，时常容易搞错。《离骚》那句"制芰荷以为衣兮，集芙蓉以为裳"的"芙蓉"是莲，即荷花，从水中来，是出水芙蓉，岸上的芙蓉便以木芙蓉别之，映照入水，是照水芙蓉。

我喜欢的河岸搭配是，此岸芙蓉，红花绿叶，对岸芦荻，蒹葭苍苍，水面临岸处有菱、荇，缀以浮萍，鱼戏其中，萍破，露出水面，见芙蓉照水，瞬间浮萍又合回去，刹那间的美。

二

大清早跑去河边看木芙蓉，花还没开，一个一个的花苞紧锁着。上海这边的木芙蓉好像每年都要比其他地方的晚开一些时间。十一假期在九华山，就已经看到溪边的木芙蓉开得灿烂，还担心回到上海就错过了花期，结果，节后过去那么多天，都快十一月了，花还未开。大概因为九华山有地藏菩萨照应，而我们这河岸只有一间天主教堂，天管浮云，地顾花草。

河里的睡莲还在花期，奶黄色的品种。还有菱，与槐叶萍一起浮在水面上。"菱荇鹅儿水，桑榆燕子梁"，这是《红楼梦》里黛玉写的，白鹅在长满菱和荇的池中游水，燕子从桑榆林中衔泥飞出，筑巢于屋梁。我也希望能看到荇菜，但是这河中没有，看到的只是菱、萍和莲。

我很早就知道这条小河里有菱，一种野菱，结很小的菱角，是有四个角的品种。上次疏通河道，河岸上堆了捞上来的水草，其中就有菱草，捡了好几个老熟菱角回家，晒干了呈黑色，又坚硬，摆在一个小碟子里，放在茶席边，有人以为是紫砂烧的茶宠，"做得真像啊"。

菱是水生植物，江南常见，但很多地方没有，尤其

北方是没有这种水生植物的。没见过菱的人，第一次遇见，的确会好奇。菱角又常与板栗同期上市，有人常以为有栗树，是不是也有菱树。

明朝的江盈科写过一篇小文，小有意思：

> 北人生而不识菱者，仕于南方，席上啖菱，并壳入口。或曰："啖菱须去壳。"其人自护所短，曰："我非不知，并壳者，欲以去热也。"问者曰："北土亦有此物否？"答曰："前山后山，何地不有？"

说北方人到南方当官，带壳吃菱，被人提醒要去壳，他还是继续装，说带壳吃是为了要清热解毒，又说菱角这东西北方也有，前山后山长满了，不稀奇。江盈科最后说："夫菱生于水而曰土产，此坐强不知以为知也。"

英文有 water chestnut 一词，翻译过来就是水栗子，指的就是菱角，也指马蹄，即荸荠。这样说似乎不会错，栗子是树上的，水栗子是水里的，它们都是淀粉含量很高的食物。只是菱角、马蹄不分，又容易让人糊涂。

中文里还有"菱芰"一词，菱和芰两者是有区别的，菱一般有两个角，比如乌菱，我们见得较多，成熟后是黑色的，壳坚硬，形如牛角，就只有两个角。芰指四个角的，像是四角菱，鲜嫩时候外壳是红色的，熟了深褐色，以前也常吃。

但菱芰的这种区分也只是一种说法，并没有那么严格。唐代的《西阳杂俎》说："今人但言菱芰，诸解草木书亦未分别。"也就是说这种分法早就行不通了，若菱芰真按角来分，那嘉兴南湖的无角菱该算菱呢还是芰呢？这种菱可是一个角也没有，被称为和尚菱，绿壳，生鲜吃最好。不像两角的乌菱，都用来熟食。

菱角还有别的品种，苏州人文震亨写的《长物志》里提到了好几种菱角：

吴中湖泖及人家池沼皆种之。有青红二种，红者最早，名水红菱；稍迟而大者，曰雁来红；青者曰莺哥青；青而大者，曰馄饨菱，味最胜；……又有白沙角，皆秋来美味，堪与扁豆并荐。

我是很喜欢吃菱角的，鲜嫩的南湖菱角吃起来像水果，爽脆甘甜。煮熟的两角菱要老，牙口要好，从中间咬开，然后用巧力把肉挤压出来，或者用小勺子把肉刨出来。小时候吃两角的老菱角，会挑特别大特别老的，菱角中间有一个小孔，用挖耳勺小心翼翼把菱肉抠出来，掏干净了，取芦苇管子，小心撕下内层的膜，贴在菱壳的小孔上，可以吹出声音来。

除了鲜食熟食，菱也入菜，菜谱与板栗通用，就是说板栗可以烧什么，菱就也可这么烧，比如板栗烧肉，菱也可以，板栗蒸饭，菱也行。但是菱还多一些菜品，比如新鲜的菱，肉鲜脆，可以切片，与藕片清炒。清代《养小录》还说"可焯可糟"，称其为"野菜中第一品"。我则是认真想过那河道里的小野菱，样子要是南湖那种无角菱，仍然这样小，炒熟了当小零食，可以跻身瓜子、花生之列，想想就觉得新一代炒货大王要诞生。

三

又去河边看木芙蓉有否开花，顺带看看是否真有我臆想的"缀以浮萍，鱼戏其中，蘋破，见芙蓉照水"这样的景色，就沿着河走。只有一处的木芙蓉开花了，但要见到芙蓉照水，我得走好远，绕到对岸去才行。

河面竟然干净了，前几天来还不是这样的，那时水面漂着浮萍，也有菱，现在只有小片的睡莲还在，其余被清理得干干净净，都被捞了起来，堆在岸上。上一次的小菱角就是这样在岸上捡的。

看来只有睡莲才是这条河道上园林设计中本来就有的角色，菱和浮萍只是偶尔客串的群众演员，都是野生的，是要被清理的杂草，虽然本来它们才是主，睡莲是客。我的心情一下就不爽了，看来要让芙蓉照水是没问题，但要照在破碎的浮萍中，这个条件已不具备。

匆匆跑到对岸，感谢上帝，片场的清理工作还没到这一段水路，能看到破碎的浮萍间映着芙蓉花，美极了。我踩着淤泥，找了好多角度，也拍不出一张照片能表达出眼前看到的样子，于是抱怨相机不够好，镜头不够贵，时间点也不对。抱怨着呢，又按了下快门，几乎同时，大概是有一只昆虫点了一下水面，起了一个小涟漪。勉强拍了一张还算不错的照片，见好就收，再不上岸，我怕陷进淤泥，双脚拔不出来了。

河道里除了有常见的浮萍，还有槐叶萍，非常漂亮，得名槐叶，就是因为叶子对生如槐叶。浮在水面铺满了，看不出它的好来，两三片浮在一个水盘里才显得精致。我捞过几个回家，放在荷花缸里，生得也很快，没多少

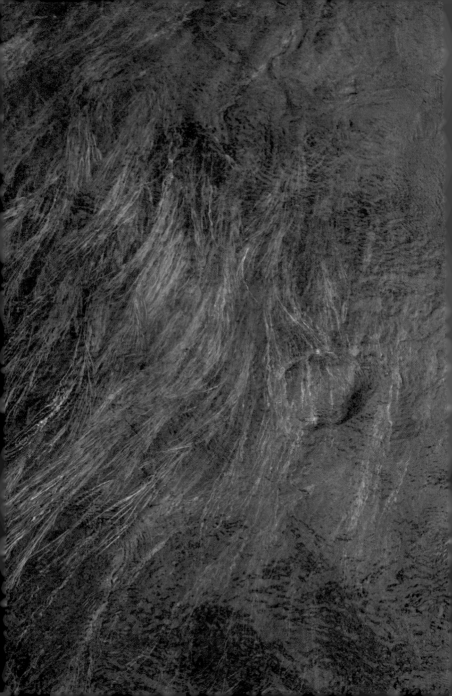

天，铺了半缸水面，需要隔一段时间捞走一些，另外，它是一年生草本，一入冬就会销影匿迹，片叶不留。

槐叶蘋看着是两叶对生，但是在《中国植物志》上写的是"三叶轮生"，没有专业的植物学知识，就只能看到两叶对生漂浮水面，下面就是根须，其实是这样的："下面一叶悬垂水中，细裂成线状，被细毛，形如须根，起着根的作用。"植物学家是怎么认定下面的不是根，偏偏是叶子呢？这样的文字介绍若不是出现在权威的书本上，我一定当它是一本正经的胡说八道。

浮萍与槐叶蘋之类的植物，往往出现在水流不动的河道死角，若有水流，浮萍之类早就四散各处。小时候，家里养鸭，要采水草、浮萍之类来喂鸭，或者将鸭子赶入静水的河塘，不消一会儿工夫，鸭子就能将河塘里的浮萍吃掉一大片，但第二天，水面上又会铺满浮萍，取之不尽。也会将浮萍捞一些入水田或茭白、芋头地里，便可将鸭子赶入其间食萍。

《诗经》有一首《采蘋》："于以采蘋，南涧之滨；于以采藻，于彼行潦。"采蘋之地也是河岸或是积水的地方，不过采蘋不为养鸭，而是盛入筐筥锜釜之类的器皿，用以祭祀。

草坪三宝

　　偶然在南宁一个公园的草地上见到一株线柱兰，一发不可收拾，剩下整个广西的行程都变成了低头找兰花。去广西药用植物园也是，一直低头盯着草坪看，但直到傍晚，仍一无所获。拿出手机，在植物星球公众号留言抱怨这令人沮丧的一天，结果余光看到自己的脚正好踩在一株线柱兰上。挪开手机，一眼望去，我已经进入了线柱兰的森林之中，一整块草坪上全是兰花，在夕阳的映照下盛开着。

　　不过大部分线柱兰东倒西歪，它不像我见过的大片绶草，根根直立。也不像美冠兰，花序高耸挺立。

　　见到线柱兰，我总算是集齐了草坪三宝。绶草、美冠兰、线柱兰是南方的草坪三宝，三者都是兰科植物，都爱生长在草坪上，且是人工草坪，花期从早春到初夏：线柱兰从春节后开始盛开，绶草在清明后，紧随其后的便是美冠兰。只是北方无缘见齐这三者，即使在江南一

　　▶　盘旋的绶草花

268

带，也只能见到长满绶草的草坪，无缘见到美冠兰和线柱兰，它们两宝要在福建以南地区生长。

三宝中，绶草的花序最为神奇，紫红或粉红色的花沿着花序轴呈螺旋状排列，它有一个别名"红龙盘柱"，很好地描述了它开花的样子。绶草在江南一带极为常见，往北方去也偶尔可见。在两广一带，还能见到一种花瓣、萼片和唇瓣皆白的绶草，叫香港绶草，往往与绶草生长在一起。

美冠兰在江南一带肯定见不到，它分布较南，我是在深圳的湿地公园见到，且仅见过这一次。广东的朋友则经常见到，它长得较为高大一些，连着花序有三四十厘米高，似常见的蕙兰这般，出现在草坪上，很容易看到。

线柱兰的花期最早，春节就可看到它长出草坪开花。我三月初见到，已经过了盛花期，大部分花序上开足了本季的花朵，花序东倒西歪。线柱兰白色，唇瓣也是肉质的，黄色。相比美冠兰，线柱兰的花跟绶草有些像，花朵半含着不打开，很有肉感。一个花序上有二十几朵花，够沉，所以长到一定的高度，就慢慢倒下。

▶ 美冠兰看着还有些我们国兰的样子

我们对兰花有一个印象，似乎它们总是生长在幽谷净土，花香清远又孤僻高傲，但"三宝"却偏爱城市的草坪，随人践踏，且越是闹市之草坪，生长越好。有一两棵绶草之草地，若干年过去，整块草坪上能布满。

我种有绶草，无论盆栽还是地栽，细心呵护，一年后的植株面貌似菜，叶大而肥，毫无精神。看来，它更适应土壤被踩踏结实，夏季毫无遮拦地被曝晒，雨季又会被彻底浸泡，冬季直面霜冻的环境。更为重要的是，每年花期都得遭遇一劫，被割草机剃一次头，相当于花期有过一次及地的修剪，加上其他季节的草坪修剪，一年能遭遇两三次，这样的恶劣环境，才能练就精气神俱佳的绶草。

南方的线柱兰、美冠兰大体也是如此，大风大雨大太阳，一年两三次剃头，偏不要什么幽谷净土，也不做什么空谷幽兰，于闹市间，长成世俗之宝。

◀ 线柱兰的花序和花充满肉质感

上海的四季之花

上海的早春之花，一定是白玉兰。没有哪个城市对市花的热爱有上海这个程度。上海的建筑，一旦要强调在地元素，白玉兰一定是首选的符号，上海有白玉兰广场，上海建筑工程质量的最高奖也是白玉兰奖，白玉兰奖还是上海电视节的评选奖项，甚至上海电视台的台标也是白玉兰。

不过，白玉兰成为上海市花的历史并不久，1986年才确定。这之前，要是问上海人什么花适合作为上海的市花，杜鹃、桃花、月季、海棠、梅花、莲花、玉兰等都有可能被推荐，江南常见的花草，尤其是传统名花似乎都适合。1983年的春天有过一次市花的评选，上海市人民政府提出了月季、桃花、海棠、石榴、杜鹃、白玉兰等作为候选市花，并在人民公园、中山公园、复兴公园、杨浦公园等十一个公园设点，请市民投票。最后白玉兰票数最多，桃花紧随其后。

白玉兰能被选上，名字好听占了第一优势，而且它花大洁白，花型精致，又朵朵向上，符合上海积极奋进的气质。桃花能居其二，确实是本地优势。

江南一带有植桃养桃的传统，门前院落种一棵桃树，春赏花，夏食果。桃李不言，下自成蹊，到今天，上海依旧有春日赏桃的氛围，惠南桃花村、大团桃园、新场桃源是三月赏桃花的热门去处。上海的这些赏桃胜地，并非单纯的花园，而是真实的果园。如果说赏樱是叹息生命逝去，赏桃则是期待丰收之果。一边赏花，一边想到七月的水果，馋涎欲滴。上海的桃园所产的桃子主要为水蜜桃，皮薄汁水多，有蜜露之称，但不堪长途运输，唯本地人有口福享用。外地要能吃到，都是生时摘下的桃子，收到后要放熟了再吃，品质自然是次等。最佳品质的要树上完熟，摘下来就能轻易剥皮，一口下去蜜汁四溅，顿时产生感恩之情，花果俱美的桃，最终离市花只差一步。

白玉兰虽为市花，但在上海也没那么常见，二乔玉兰才是上海的玉兰花主力。它是白玉兰和紫玉兰的一个杂交品种，树形高大，花朵的外面紫色，内面白色，栽种最为广泛，我们在上海见到的玉兰，大多是二乔。

其实在上海有一种更常见的玉兰，就是夏季开花的

广玉兰。1983年的那次市花评选，若是将广玉兰列进去，与白玉兰并置，大概白玉兰的大半票数会被广玉兰拿走。

在上海提到玉兰花，很多人脑子里的第一念是广玉兰，它是真正的城市绿化植物，在上海城里，尤其是老城区，那些几十年上百年的大树，除了作为行道的法桐，就是大宅院、大花园里的广玉兰。

在外滩33号前英领馆的花园里有一棵一百多岁的广玉兰，应该是上海最老的广玉兰树。这棵广玉兰是怎么在此地落脚的，无从查证，有一个说法是，晚清时期，李鸿章的淮军在中法战争中取得胜利，慈禧将美国特使赠送的一批广玉兰赐给了李鸿章，这批树大部分种在李鸿章的老家合肥，以及淮军将领在各地的宅院，其中一棵送给了英国总领事。这只是一个推测，广玉兰在晚清民国时期是非常珍贵的树，在上海有百年广玉兰的地方，多是过去的大宅大院。这种树常绿，极为高大，的确也不适合小空间种植。叶子油亮油亮，花朵洁白，大，形似荷花，也叫荷花玉兰，初夏至盛夏开花，芳香迷人。

不过李鸿章的后人张爱玲却很不喜欢广玉兰，她在

◀ 广玉兰长得高大，能看到它的花朵细节，非常不容易

散文集《流言》中，写到花园里的一棵树："唯一的树木是高大的白玉兰，开着极大的花，像污秽的白手帕，又像废纸，抛在那里，被遗忘了，大白花一年开到头，从来没有这么邋遢丧气的花。"张爱玲这里写白玉兰应该是笔误，白玉兰只是早春长叶前在光秃秃的树枝上开一阵花，广玉兰才有着晚春到夏末漫长的花期，花开后几日萎蔫了，白色带褐色，的确像污秽的白手帕。其实将广玉兰误叫成白玉兰是一个普遍现象，所以1983年的那次市花评选，上海人心中选的到底是白玉兰还是广玉兰，真的存疑。

白玉兰，以及紧随其后的桃花会被上海人选上，有点精致务实的态度在里面。上海人不喜欢虚头巴脑的东西，还有一种与上海极有渊源的花也证实了这一点，就是棉花。很少有人知道，哪怕老上海人也应该没有了印象，在白玉兰之前上海有过另外一个市花，竟然是棉花。

1929年4月，新成立不到两年的上海特别市，登报选市花，最后竟然棉花排名第一。上海人会选择棉花为市花，那是因为棉纺织业是上海的经济支柱，且从宋元开始，上海的棉纺业就已经非常发达，宋末元初著名的棉纺织家黄道婆就是松江府人，"松郡之布，衣被天下"，棉纺织业发达，棉花自然也是这一带主要的农作物，是夏秋时期上海地区上海人最熟悉的花。据说当时的上海市政府先是提出了月季、南天竹、荷花三种植物送交市长择一而定，随后又觉得应该让上海市民来选，于是增加了候选花卉，竟然把棉花也放了进去，与诸多花卉一起登报接受投票。结果出乎预料，通俗实用的棉花在总共17000多张选票中得到了4567票，高居榜首，最终成为市花。

棉花虽然是实用的农作物，但是并不粗俗，它是锦葵科植物，这个科下的植物有很多名花，比如木槿、扶桑、蜀葵、黄葵等，在夏秋开花的棉花之花亦是漂亮之花，但是大家印象中的棉花，该是秋天蒴果成熟后裂开，白色棉毛露出的样子，这种花是上海好几百年的财富源头。

现在，秋天的棉花也是切花市场的宠儿，可作为永生花使用。

至于上海冬季可赏的花草，也就只有蜡梅花了，栽植在上海的公园、花园之中。

不过白玉兰、广玉兰，或者说桃花、棉花都是公共之地的上海之花，或者说，它们并非上海私人空间的四季之花。在那些还有闲心养花的人那儿，上海人的早春之花应该是春兰，小心翼翼栽种在阳台、天台或是弄堂里。住公馆、别墅的人家，更不用说了，凡有点文人兴致，哪怕只是附庸风雅，都会摆放几盆春兰。宋梅、龙字、汪字、小打梅等四大天王、老八种，择其二三，瓦盆栽种，置于树荫下池子边，到了早春开花，套一漂亮古旧的青花瓷，搬入室内，置于架上，兰花香飘一室。

过去的上海大富豪们还雇专人养兰。养兰人多为绍兴人，替上海的有钱人家打理兰草，春有兰，夏有蕙，都是名贵品种。没有专人精心照料，那一口兰花香是吸不到的。

还有一个兰花的品种以上海为名，叫老上海梅，是夏天开的蕙兰，花葶高挑，馨香迷人。用专业的赏兰语言来描述，就是穿腮如意舌、中宫紧致，外瓣轻灵跃动，瓣尖圆润。这种兰花在清代嘉庆元年由上海一个叫李良宾的人选育，迄今已有两百多年的历史了，经历动荡的时局，流传到现在也是非常不易。这种兰花不易开花，或者说不易开出标准的穿腮如意舌的花型来，很考验养兰人的养工。

不过兰花是文气的花，是文人雅士之所爱，亦难养，有点高高在上。上海的阳台和弄堂之花该属紫茉莉,上海人叫它夜饭花、汰浴花,就是说它的开花时间在夏日傍晚吃晚饭或是洗澡的时候。这种花易养易开花,花期漫长,开一整个夏季,可持续到秋天,是上海阳台、弄堂门口的夏秋之花。

紫茉莉最常见的是紫红色花,也有白花、黄花,不同花色的紫茉莉栽种在一起,经过几年杂交后,会发现开出几个颜色混在一起的花来,比如红白两色的花,或是红黄色,或黄白色等等,花瓣的色彩或者泾渭分明,或是杂色,或是条纹色。紫茉莉是一种非常精彩的花,过去十分寻常,现在反而不那么常见了。

另外,上海人亦爱栀子花、白兰花和茉莉花,这是上海初夏雨季的花香。尤其是白兰花,在街头巷尾,老太太叫唤着"栀子花、白兰花",或者"茉莉花、白兰花",栀子和茉莉只是白兰的搭售,穿好的白兰可以戴在手上或是挂在车里、别在包上。不过白兰是南方的植物,在江南一带种植,冬季需要入室。过去在苏州虎丘一带有专门种植,初夏采花,贩售沪苏一带,成为传统。

现在,我们已经很难去确定一个地方的代表花草树木,无论是公共的绿地、公园、行道还是私人的阳台、花园，只要在类似的气候带，都有着类似的花草，尤其是城市，风貌趋同。养花种树也有着一股一股的风潮，有几年城市流行种植银杏，近些年又流行樱花，即使私人空间，多肉植物行过一阵风，这两年又是热带绿植流行。已经很难界定一个地方代表性的四季花草。

似乎唯有市花，才是一个地方确定的、长久的爱。所以，过去的上海，人们爱棉花，那是真爱，它是上海的秋日之花。现在的上海，人们爱精致的白玉兰，它是上海的春日之花。

紫藤的选择

秋季去奈良看正仓院展，顺带去春日大社。春日大社南门左侧有一株七百余年的古藤，每年春季开花，花穗极长，垂落可触及地面砂石，得名拂砂藤。

遗憾秋日无花，我在紫藤架前站立比画，想象一下，若是春日开花，花序足有两米高。

紫藤花中有长穗品种，国内不是很常见，中华紫藤的花序不过一尺。日本有着丰富的紫藤品种，长穗的亦有不少，比如开东阁有着近一米的花序，九尺的花序则远超一米，以名计算，三尺一米，九尺就三米了，即使以古时的尺来算，也有两米多，是花序最长的紫藤。我推测春日大社的拂砂藤就是九尺。

我一直为院子里要种什么紫藤而选择困难。我很喜欢白色的花，所以对白花紫藤阿拉贝拉和安了寺很有兴趣。白花一般有香，阿拉贝拉有点淡淡的豌豆香，很讨人喜欢。白花中还有一个麝香，香味较浓。但对于紫藤来说，有点清香就够了。

第一次在上海嘉定紫藤长廊见到重瓣紫藤的时候，也非常喜欢，紫色花型如传统服饰上的盘扣。重瓣的紫藤很少，这种名八重黑龙，黑是说它的花色紫色偏黑。它还有一个名字叫中提琴，不知为何，可能隐藏了一个故事。想要重瓣的紫藤，唯有它了，而且一到秋天，八重黑龙的叶子由绿变为漂亮的奶油黄，这也是选择的考量因素。

紫藤还有别的花色，比如粉色，较有名的有阿知和罗萨。罗萨也叫冰粉，花有铃兰花香，是粉色花的首选。还有深紫色的紫水晶，比八重黑龙的颜色还深，是紫藤花中颜色最深的品种，香味也最浓郁，带点甜蜜。

如此一来，要是造一个紫藤园，或是紫藤廊道，很好选择，不同花色一层一层布置就行，但是小院子里只种一两株，就犯选择困难症了。

我打算把紫藤种在窗外，这样每年春天的时候，临窗能看到紫藤花穗垂落下来，在窗外迎风飘荡，像帘子一样。一想到这样的画面，毫无疑问，我会选择长穗的品种，九尺或开东阁都不错。事实上，前面所举之紫藤品种，没有一个是短穗，基本都在一尺以上，我一开始

◀ 杭州西湖边一棵垂入水的紫藤

就把短花序的紫藤都排除了。

开东阁是一个非常优良的长穗品种，很多紫藤廊道会选择开东阁而不是九尺，是因为开东阁的花量大，花瓣的间距小，也就是说一旦开花，花穗密集，种紫藤隧道很容易出效果，不大会露出天窗。日本对种植紫藤隧道有一个标准，就是每平方米有至少八十条花穗，如此营造的紫藤隧道才完美。

我想了一下还是选择了九尺，没有要开东阁，也暂时放下阿拉贝拉和八重黑龙。因为紫藤架在窗外的窗框之上，花序垂下，自然是越长越好，若有两米的九尺花穗，如春日大社的紫藤那样，花序可以拂至外窗台。还有一点，若是种开东阁，开花的时候花序的密度优势在我这儿反而成了劣势，花序太密，布满了窗框的空间，反而不好看，疏朗的几条花穗恰好，不满，临窗飘逸。

但是，九尺也有缺点，开花太晚。从花市买来的藤苗入地种植需要五六年才能开花，长足够老才能有九尺的花序。我还四处问九尺紫藤哪儿有卖，遇到虹越的孙磊，说要送我一株九尺，最后寄给我一株丰花紫藤。丰花紫藤是中华紫藤在荷兰的选育品种，紫色，开花量极大，春季开花一次，往往夏季还能再开一次，而且种上一两年就能开花。她说怕我等不及九尺，养草五六年定会失去信心，也有道理。

之前我也在网上选购九尺，找不到可信的店家，生怕没选对版，养草五年开出来不是九尺，那可事大，到时又舍不得斩草除根，还得硬着头皮养下去。朋友推荐一家，说看上去可靠，但是店家说，阿知、九尺、阿拉贝拉，三种扦插苗忘了标记，搞混了，不知谁是谁，买回来只能碰运气。

但正是因为这个声明，才觉得他可靠。有趣的是，这个店家与我心有灵犀，我最初犹豫不决的正是这三种紫藤，紫色长穗的九尺，白色豌豆香的阿拉贝拉，粉色的阿知，三者选其一，举棋不定。这次直接来一个盲盒，让我看看天意。

最后下单了，让老天决定，五六年后开花，是谁就是谁。

一年以后，那棵丰花紫藤直接就开花了，小小一棵，花量很大，只是花穗稍短，之后每年都开花。很多年以后，阿知或九尺或阿拉贝拉依旧只长藤，四处缠绕，没有开花，我的窗前空空如也。

▼ 龙井一带山里的紫藤，平常不知道山里有这么多紫藤，花季才知有多少树被紫藤缠绕着

杂草四种

一

院子里长出一些野草、杂草都会被我清理掉，院子里还能看到的野草、杂草都是我故意种的。

拔草不是辛苦事，每天起床后，我的第一件事就是去院子里，浇水、看花，顺带就拔拔草，天天如此，所以拔草只是常规动作。事实上，地产商把房子交付给我的时候，我的院子是一块草坪。在种花之前，我没把草坪清理掉，嫌累，只在要种花的地方稍微翻了一下，再铺上营养土，把花草种上，余下的地方直接覆盖一层泥土，把草坪埋在下面。我的目标就是把它们化为绿肥，也是底层建筑垃圾与表层花土之间的隔离。

原先的草坪草是马尼拉草，非常顽强，不停从地下钻出来，并且根茎在地表穿梭，如果不加打理，大概也就个把月时间，地面又会被钻出来的草给覆盖。我的处理方式就是每天把从地下冒出来的芽拔掉，竟然也就控制住了。再顽强的草，一直没有出头之日，无法进行光合作用，就只能烂在地下。事实上，每天在院子里除了拔草还能干什么，盯着花看半个小时吗？显然不能，搞院子，拔草才是正经事。

真正难以清理的草是酢浆草，那种开黄色小花的野生种，也叫酸味草、酸咪咪。我的地面铺设了苔藓，酢浆草从苔藓卜长出来。马尼拉草的芽长出来，你一拔，那就是连着草芯子一整根抽出来，地下茎要在这个位置重新抽一根芽出来需要很久。酢浆草新鲜的叶子出来，一拔就断，第二天又有叶子。

养过酢浆草就知道，它的下面是一坨块根，想通过拔上面的叶子连根整坨拉出来是不可能的。所以刚拔掉表面的叶子，一个恍惚就又冒出叶子来了。根除的办法只能是挖个洞，把它整个取出。这就比较麻烦，不是蹲在那里顺手就可以处理的事，挖完还需要填一块土，再把苔藓铺回去。拔完的酢浆草若是三四天没处理，还会攀爬，一根茎横着地面穿过去，一边还生根，非常麻烦。

我的地里今年出现了很多酢浆草，就是因为去年没有及时处理。事情是这样的，地里长了一株酢浆草，也不知道哪儿来的，反正这是一件很正常的事，也是必然

的事。因为就一株，我物哀了一下，起了怜悯心，就没有拔掉。然后它还开花了，小小的黄花，我不得不再次物哀。然后结果了，果荚藏在三叶草里头，我没看到，等发现的时候，我克制住了怜悯之心，准备拔掉，手一碰，蒴果裂开，种子弹射四处。

之后，地面上突然出现了很多酢浆草，每天顺手拔一下根本清理不净。要走正常程序把这些酢浆草都挖掉，绿色的苔藓地毯也就会千疮百孔。所以我现在采取的手段还是针对马尼拉草的方法，每天拔叶子，但是要更勤快一些，不给它有出头之日。当然，还要控制输入性的酢浆草，对待这类杂草野草不能有怜悯之心。

今天在尚未完工的院子一角，徒手挖了一半的鱼池子边上看到一大丛阿拉伯婆婆纳，开着蓝色的小花，觉得挺好看。到现在还没下决心挖掉，等到狗卵子结出来，往后就又有的苦了。

二

呵呵，天胡荽也是一个要命的家伙，一种开始蔓延

◀ 一棵养了很多年的酢浆草，根茎粗大，可为盆景

就无解药的杂草。

　　第一次见到天胡荽的美貌是在花鸟市场的一个盆景园，几个大型松树盆景，花盆里长了天胡荽，绿油油的，铺满了整个盆面，像是故意种的。单看小巧迷人精致，有点喜欢。

　　上海的院子有一角原本铺设苔藓，高低起伏，并搭配了一些小型草本植物，正逐渐养成中。天胡荽从天而降，它的出现为小景增色不少。天胡荽就是迷你铜钱草的样子，只是没有那么圆滑，边缘有凹陷，可爱极了。要是专门想种天胡荽，可能会喜欢它另外几个名字，比如步地锦或者满天星，听起来像是流行于园艺界的成熟花草。

　　但是可爱是一时的，你觉得它可爱，它就下狠手了。一旦发现它蔓延太快，超过了规划，想要拔掉一些，一出手就觉得不对劲。它的茎细长，匍匐蔓延，节上生根，扎根面积还不小，一提只能拔掉一小段，其余会断在地里。需要很小心，慢慢提起来，保证不断，把根一节一节拉起。这是一个细致活，常常以失败告终。这时候只好自我安慰，就这样也行吧，反正露出来的已经拔掉了。但是没过几天，那地方又长出新的来。总之，若不大动干戈一番，翻起苔藓，将泥土里的天胡荽根茎彻底清理，将会无穷无尽，清理会成为不可能完成的任务。

所以，现在在杭州的院子里，天胡荽一出现，必清除，毫不留情，一刻也不能拖延。这东西真的很奇怪，不知道什么原因出现过一次，可能是买回来的花草上带的，发现后便及时清理了，但还是时不时在不同的地方出现，有时候为了拔掉它的一根茎，还要损失掉一大撮苔藓。

相比苔藓地，要种绿油油的草坪也不容易，夏季要多次割草，冬季要补撒耐寒的草种，但若是想种一个铺满天胡荽的地块，那真是太容易了。许多缺乏照看的院子，最终的结局不是被酢浆草布满，就是布满天胡荽。

上海有很多老洋房的院子，走进去一看，往往都是长满了天胡荽，一点办法也没有，也没人想对此做出什么处理。相比难打理的草坪，这"也挺好看的"。

会放任或者鼓励一些杂草生长，是因为我们的认识不够，地里总会有一些从未见过的草突然长出来，起初样子可爱，还以为捡到了宝，随着它逐渐长大，有一天你终于识破，"啊，原来是这个"，然后做出决策，是拔掉还是留下。有些则是自始至终不认识，在斗争中做出去留的判断。至于什么样的草是杂草，什么样的又成为圈养的花卉，完全取决于你自己。你想要一块天胡荽草坪，那么酢浆草就是杂草，你想要一片酢浆草地，那么天胡荽就是杂草。在我铺满苔藓的地里，马尼拉草是杂草，反之亦然。还有，如果你想要一个各种杂草野草自由竞争的草坪，那最轻松，无须播种施肥浇水，一个春夏不管，就能得到一个"自然有机"的空间，此时杂草不存在了，物竞天择，活下来的都是这个小世界的主人。

在院子里养花种草拔草，没有哲学高度。梭罗在瓦尔登湖说"没有什么权力去拔除狗尾草"。但花园是自己的，就像你的牧场上来了群狼，羊斗不过，此时你刚举起猎枪就陷入思考：这大片山川平原本来就是各种动物的，我有什么权力……随后你放下了猎枪。此时的羊群内心一定会蹦跶起一亿头羊驼。

三

在院子里见到很多天葵，我一株也舍不得拔掉，至少目前还有些不忍心，还未到时候。天葵与酢浆草有些像，地下也有块根，要拔掉的话，一样不能轻松连根而起。

天葵的花小，还没有酢浆草大，白色，低头，似乎也没有酢浆草好看，但我更喜欢天葵，飘逸，潇洒，内敛。

我不能容忍酢浆草出现在院子里，它是必须清理干净的杂草，但天葵可以存在。清点了一下数量，目前有四株天葵，去年还只有一株。这个传播率完全在可控范围之内，R0值（基本传染数）不是很高。

我的天葵来自西湖南边的九曜山，路边石块缝里挖了个根，就跟你在路边挖一个酢浆草回去种一样，起初不会想到有什么不良后果。我把天葵种在花盆里，还真的认真照顾，等它开花，结果。天葵结蓇葖果，就跟牡丹、芍药一样，只不过它的果比较迷你。养了一盆天葵后，第二年好几个花盆里都有天葵长出来，不少长在了玉簪盆栽中。去年玉簪又被我从上海带到杭州，种到地里，天葵就是这样被带入的。

我不担心天葵是因为，有人养天葵不小心就养死了，但如果花盆中带有酢浆草，即使花养死了，作为配角的酢浆草却偏偏不往生。酢浆草干透了，你以为死了，浇水后又长出来。但天葵不用担心，生长条件差一些，可能就会葬送它的生命。这点就像绥草一样，不用过分担心它会疯狂蔓延。酢浆草种子传播、根茎传播多种手段并用，而天葵就种子一个手段，它的根茎虽然会逐渐增大，但是它有个俗称"千年不大老鼠屎"，完全不用担心它长到番薯那么大个，爆出大量芽苗来。

有人养酢浆草就是为了养底下那坨根茎，把它养肥了，养壮了，每年提一提，逐渐露出，作为微型盆景甚有风骨。天葵也可以，但要有极大的耐心，养几年死了，会让人伤心。

四

没有把紫花地丁当成杂草清除，不是我善良，它的花瓣扭捏不对称，但还算好看，所以我会在地里留上几株。不过，面对这类野草还是需要小心。

我种山茶花的盆里出现过一株紫花地丁，一出苗就认出来了，三角状的叶子很容易识别。这是我的第一株紫花地丁。因为认识，知道它的花也漂亮，植株边上的盆土空着也是空着，就让它长了，当是陪衬。没多久便开花，紫色花，相比植株或者相比酢浆草、天葵之类，它的花不小，花期也很长，春夏都能见到，有时候秋天也开花，真是优良的野生花卉。

紫花地丁边花边果，我为了观察，就没把它的蒴果摘了，之后便忘了这事。这种植物一旦结果，而你又一时忘了它的存在，它便从可爱的小花滑向杂草的深渊。最可怕的是，到了夏天它还会有闭锁花，就是那种没有花瓣的花，你会以为它根本没有开花，但是闭锁花恰恰很容易孕育出种子，于是神不知鬼不觉，似乎未经过花期的蒴果成熟开裂，种子四射，真正的出其不意攻其不备。

从此以后，我的花盆和地里时不时冒出来紫花地丁，数量之多，让人惊恐。它有个德行和酢浆草很像，蒴果成熟以后，种荚瞬间裂开撒播种子，极为细小的淡黄色种子可被弹射至一米开外，数量极多。酢浆草难以清理，相比之下紫花地丁还是容易拔掉的，只不过它根系扎实，需要用些巧劲，或者在浇完水之后再来拔，会非常容易。对于相对勤快的园丁来说，它不算是杂草，是漂亮的野花。但对懒惰之人而言，它就是杂草了。

我这里说的杂草，指的是对环境有害的植物，这个环境是指私人环境，比如你的庭院，你种着花草的花盆，那些不请自来的草影响了庭院景观，汲取了花盆的营养，如果你不接受，它们便是杂草，如果你欣然接受，

▼ 紫花地丁也是一不留神就长一大片，处理起来也很麻烦

它们就不算杂草了，最多算是野草。如果你本来想种一个紫花地丁药草园，那么紫花地丁便是你的经济作物，其他长出来的植物，哪怕是芍药，只要对紫花地丁有负面影响，而你不接受它，那么芍药对你的这片专属紫花地丁园来说便成了杂草。

一个院子里有一两株紫花地丁，让它开花结果一轮，二三十平方的花园第二年就能变成紫花地丁园，效益还是不错的。我见过几个"紫花地丁园"，都是在小区绿地，其实就是被紫花地丁侵占的草坪。四月份盛花期，紫色洋洋洒洒一大片，蔚为壮观。实在种不好别的花草，种一片紫花地丁也是不错的选择。其实真的挺好看，只是我好不容易有了一小块地，哪舍得让给它呢。我掐着手指算算，月季、铁线莲、牡丹、芍药、溲疏、百合、山茶、栀子、茉莉、玉簪、鸢尾等等，这些我都只能择其一二来种，怎能轻易出让地盘。

另，紫花地丁是堇菜属植物，同属植物极多，也都极为相似，大都常见，它们德行类似，一不留神，瞬间成为超级传播者。

据说，蚂蚁爱叼着紫花地丁的种子四处跑，帮着将它传播得更远。

一年首开之花

每年金缕梅的花期都错过，都赶在末班车，每年都是同一个朋友陪我去杭州植物园看金缕梅，每年都被吐槽这有什么好看的，每年又都是下雨天，都要走上好几圈才能找到，每年都要感叹这棵金缕梅的长势一年不如一年。因为它周围的树实在是太高大，没有给它留下多少阳光，它的树枝只好往一侧生长，显得特别脆弱。

金缕梅似乎很少应用在园艺中，所以，找遍全网没有卖家。我不死心，一想起来就会在网上搜一下，终于发现一个卖家，赶紧买了一棵来种。去年秋天，黄叶，落叶，我以为是正常的情况，只是落叶的时间实在早了点，秋还未深。剪下一截枝条来看，才发现它其实是死了，却找不到它死亡的原因。不甘心，入冬前又补了一棵，入春后，新的金缕梅并没有开花，应该还未到开花的年纪，只能再去植物园，又是同一个朋友陪同，又是下雨，又找了好久，最后又吐槽：这样下去，这棵树是没几年好活了。

我自己也不明白为什么每年都要去看金缕梅，像是某种仪式。仅仅因为它是一年中最早开的花，我等了一整个冬天，蜷缩在家没有出门，终于有花可看，于是谋划着行程。但天气实在还冷，总以为开花尚早，等着等着，忽然有人提及："金缕梅花期快过了，你怎么还不去。"

　　就像早樱盛开是日本农事的开场，杏花开榆钱子落，是中国人束耒开田的时节，金缕梅露出细碎的花瓣，是我全年花事开始的花信。

　　金缕梅给我留下很深印象，是因为日本电影《日日是好日》，那是一部讲茶道学习的电影，平淡，但又时不时让人回味。里面提到了金缕梅，它种在上茶道课的茶庭内。早春，尚有积雪，黑木华在庭院里看到金缕梅开花，树木希林演的茶道老师说，这种叫"万作"的植物，名字有些不明所以，其实是误读，它最初叫"まず咲く"，即首开，最早开花的意思，传到后来变了一个音，成了"まんさく"，即万作。我学过一点点日语，大概能理解为什么"まず咲く"说着说着会变成"まんさく"。为了圆这个误传后的名字，万作被解释为"万年丰作"，

◀ 金缕梅的花期早，相比杂交金缕梅的花朵繁盛，原生种的金缕梅显得清冷不少

意思就是，一年当头，金缕梅盛开，繁花致丰年，结果万作之名更讨人喜欢，就回不去了。

金缕梅开花在立春和雨水节气之间，春寒料峭之时，入全年百花当中的首开之列。有一花可与之呼应，就是蜡梅。蜡梅算是一年中的末开吧，花在年末寒冬腊月之时，一样金黄色的花瓣，花心处有紫色。区别就是，金缕梅之花像是蜡梅花进了碎纸机的结果，蜡梅开到冬末初春，丢进碎纸机，出来后焕然一新，成了早春首开的金缕梅，旧年与新年无缝衔接。

日本常见的金缕梅中文名叫日本金缕梅（*Hamamelis japonica*），与分布在中国长江流域的金缕梅是同科属下的两种，开花时节也在同时，相比之下，日本金缕梅的花瓣比金缕梅更长，视觉上更好看一些。金缕梅的叶片特别是叶子背面密布绒毛，而日本金缕梅叶片更光滑，手一摸叶片就能区分。

北美也有几种金缕梅分布，如北美金缕梅（*Hamamelis virginiana*）或叫弗吉尼亚金缕梅，植物园也有，花期比金缕梅稍微晚一些，还有更多的是杂交金缕梅，花色不同，花期也晚，失去了金缕梅的首开精神，但是花量要大许多。

最初认识的金缕梅就是北美金缕梅。美国有一款金缕梅花水，是金缕梅的树皮和茎叶的萃取液，对皮肤具有收敛的效果，这是传统用法，过去，美洲原住民常用金缕梅的树皮或树叶来治疗皮肤发炎。因为这一经典的美国产品，我一直以为金缕梅是美洲植物。

不知道金缕梅或日本金缕梅有没有相同的药用价值，是不是更具价值，要是的话，就不会这样难得一见。

夏天无

　　有两种草让人惜春，不是樱花飘落让人产生的怜惜，那是林妹妹在作，而是当头棒喝：珍惜时光啊，你们这些迈入中年的年轻人。这两种草一个叫夏枯草，一个叫夏天无，它们像是以死相逼，告诉你衰老的残像，死亡的决绝。

　　人是要死的。

　　我在还是学龄前儿童的时候，某一天傍晚突然了解到这一真相，怀着极度恐惧跑回家问我妈：人真的是会死的吗？我妈正在灶头扎着稻草生火做饭，满面尘灰，含含糊糊，但还是给了一个肯定的答案，把我吓坏了。从此往后，这位儿童再也没有了天真无邪，一个幽灵一直在脑壳上空游荡，徘徊到他长成少年。少年识字不多，迷上了一本叫"飞碟探索"的杂志，这像是解药，效果等同于秦始皇派了徐福去东海，寻找神仙居住的蓬莱、方丈、瀛洲三座仙山，内心充满了希望。徐福终究没有找着仙山，少年也还是没遇到生命科学发展到极致的外星人。

到了青年，大学时期的某一日中午，从食堂用餐出来，见到很多同学抬头看天，在呼喊，我一看，天空出现了飞碟，可以瞬间移动。杭州上空出现飞碟一事热闹过一阵，同寝室的同学还拍下了照片，冲洗了出来，铁板钉钉的证据，照片后来被电视台借走了，一直没还。不过，我们依旧没有见到外星人降临。就像秦始皇一样，一直期待东海返程的船只，带回长生不老的仙草，结果连根海带丝也没见着，死得绝望，死后身体马上腐败，为掩盖气味，随从让他与一堆臭鱼虾一起回到了咸阳。

人生终究是悲剧，临死才知光阴之贵。但是，"人们好像从来没想过自己会死"，这是梁文道在一次演讲时候提到的一个故事，说一位摄影师去病房给濒死的人拍遗照，待他们刚刚离世，再拍一张，生与死的两张照片放在同一版面上，中间有一段文字是记者的采访。系列中有一个老太太，她跟文字记者说，你看，你看，她指着病房外面楼下马路对面的一个超级市场，你看那里头的人们，天天进进出出买东西，买面包、买肉、买卫生纸，你看他们的样子，他们好像从来不觉得自己会死。

▼　成片开花的夏天无，看着热闹，一入夏，消失得无影无踪

梁文道说，我们都知道人必有一死，只不过在现在这一刹那，我们有多少人会时刻想起我会死，我们都会死？"绝大部分时候，我们都忘记了人生在世面对的最根本的局限，这必然到来的命运，我们都忘了。"

正因为意识到人会死，所以我们才会谈论人生的意义，才会给自己一个目标，一个方向，才会去想自己这辈子要做什么。我每次看到"夏天无"这个植物，都是在它开花灿烂的时候，它的花跟其他紫堇属的植物很像，我需要通过叶子辨认，然后确定，这是"夏天无"啊。春花烂漫的时间短暂，一到夏天就没了，消失得无影无踪。相比之下，夏枯草还有残迹，夏天无的"无"更是残酷。

很多植物都是一季绚烂，但都没有像夏天无这样，直言它的死期，直接告诉你，你的不重要，不仅是消失，是无，"像没来过一样"。

前段时间有一个不知出处的调研，说当人老了的时候，回想一生，最后悔的是什么事。92% 的人后悔年轻时努力不够，导致一事无成。但是我想，再让这 92% 的人回到年轻时候，他们就会努力了吗？若在春天做一个调研，问年轻人，要是人生到夏天就无，你会怎样？大概还是有 92% 的人回答，既然如此，及时行乐啰！

314

后记

诗家清景在新春，绿柳才黄半未匀。

若待上林花似锦，出门俱是看花人。

——唐·杨巨源《城东早春》

不知道从什么时候开始，成了出门只看花的人。

一个人出门，毫无疑问就看花。与家人出行，自顾自看花。与朋友出游，拉到一起看花。恶习难改。早几年，出不了远门，把所住的地方当成了宇宙的全部，扫雷式看花，角角落落，寸草难逃。那之后，积懒成疾，门也不出，就守着院子看花。

过去旅行，到了一个地方，如果是城市，一定是先逛博物馆，了解当地自古以来的人文，再游植物园，认识当地的风土，还要去菜市场溜达一下，看看当地人现在过的日子。这样才不算冒然闯入，而是稍微立体地对所到之地有了一个外围观察，然后才进入这趟旅行的正式步骤。可现在，要是让我走进博物馆，盯着铜器、陶瓷看，往往是在判断这扭曲缠绕的线条是什么唐草纹；找到远古器物，看刻划符号上随意几笔的线条，想着若不是动物会是什么草；赏画，则是在想桌上为什么要放那盘水果，背景又是什么花海。甚至现在逛菜场也只在蔬菜水果区来回，成了"素人"一个。

出门只是看花，哪怕绿柳才黄半未匀，哪怕繁花早败全已枯，鸡蛋里想办法也要挑出些骨头，因为上帝总是眷顾专心致志的人。

去纽约那次，逛大都会艺术博物馆，很快视觉疲劳。楼上有个苏州园林，去看了看，不过如此。听说还有一个艺术博物馆分馆在曼哈顿北端的一处山丘上，是修道院的格局，我想修道院必有花园，第二天一早去，果然有三处花园，栽种着中世纪流行的药用、食用或纯观赏植物。看到缤纷的花朵、芬芳的香草，布置在古典建筑的围合之内，仿佛穿越到了中世纪。室内古艺术，室外古花草，是一个艺术博物馆，也是一个植物博物馆。第三天又去纽约植物园，发现票价比我预计的低许多，不解，逛着逛着觉得奇怪，怎么有不少室内馆闭门，这才反应过来，那天是周二，休息天，颇觉不爽。此时看到有一个馆大门开着，过去一看，原来是巨魔芋要开花。

因为巨魔芋随时可能会盛开，所以这个厅不关门，园方派人守着。这是上帝给我的运气吧！不过也没全给，留了余地，巨魔芋尚未开花，我等到很晚，它也没有散发出一丝臭味来留我。回国后才知道，我前脚出门，它紧跟着就开了。那天的纽约，出门俱是看花人，纷纷前往植物园闻巨魔芋之臭。

有一年去牙买加，因为治安问题，哪儿也不敢去，只能跟着本地咖啡大亨的安排走，每天就是咖啡园、咖啡店、咖啡豆、咖啡苗，当然我们也去一些景点、餐厅、博物馆。对于看花人来说，到了植物丰富的热带地区，这样的行程多少有些可惜。但专注就有意外赠送，在逛完鲍勃·马利博物馆，走到户外庭院的时候，看到了一种挂红果的树，不认识，当地人跟我说这是阿基，果子有大毒。树很高，不能细看，有些遗憾。然后被带去一个广场吃牙买加第一名的冰激凌。广场开阔，有大树，有大风吹，我看到地上被吹落的红色阿基果，成熟开裂。当地人说熟到这般，白色果肉做菜可吃，我当然不敢生尝。最后一站在加勒比海边度假村，自助餐的时候见到了一道看似番茄炒蛋的菜，名"Ackee & saltfish"，啊，这 Ackee 应该就是当地人口中的阿基，而这道菜号称牙买加国菜，我看着眼熟，原来在来牙买加的飞机上就看到过一份旅游册子，上面有它的介绍。

在墨尔本植物园，朋友介绍植物园园长和我认识。园长带我走一圈植物园，在一个池边，园长说那边有一棵新种的椴树，是澳大利亚很有名的音乐人尼克·凯夫手植。我不是西方音乐迷，但对他说的名字感到熟悉，回酒店一查，原来在德国导演维姆·文德斯的电影《柏林苍穹下》里见过。在我不是看花人，还是文艺小年轻的时候，喜欢看看不懂的文艺电影，维姆·文德斯的《柏林苍穹下》看不懂，但是看了很多遍，尼克·凯夫在其中有一段表演，穿着红衣服黑马甲在台上嘶吼，台下的人摇头晃脑。其中有一个镜头，他抽了一口烟，回头把烟吐掉。就这个镜头，我一直记得，当然我那时不知道这人是真实的澳大利亚著名音乐人。尼克·凯夫之所以种的是一棵椴树，是因为他有一首歌，里面有一句歌词："I put my hand over hers, down in the lime tree arbour." lime 就是椴树，这句歌词也刻在这棵树的标牌上。

2016 年去伦敦看切尔西花展，换票之后时间尚早，在地图上看到边上有一个药草园，就顺着路走去看。我在那里第一次见到中国传过去的珙桐。盛花期虽过，但还是看到白鸽子花挂满了树。好多年后，我才在杭州植物园见到珙桐盛放的场景。那年还在伦敦的摄政公园见到鹅掌楸开花。国内的鹅掌楸树都高不可攀，从来没有机会细看花朵，那次踮脚就看清了，名符其实的树郁金香花。也是好多年后，我才在杭州的太庙遗址踮脚赏树郁金香。

我去越南度过一次春节。一日清晨，家人和朋友们都还在睡觉，我早早起床跑去美国驻胡志明市总领事馆一带，只是为了去看一下美国驻越南使馆旧地。在纪录片《在越南最后的日子》（*Last Days in Vietnam*）里，1975年美国人撤离西贡的那天，直升机进入使馆需要起降空间，一棵粗大的罗望子树成了阻碍。这棵树曾被视为美越友好关系的象征，它很快被美国海军陆战队砍倒，随后一批一批美国人和越南人由直升机带离，更多的人只是可怜巴巴地抬头望着飞机离去。后来，美国使馆就被拆了，现在是一个小公园，公园里也还有罗望子树，但肯定不是当年那棵。公园不远处是现在的美国驻胡志明市总领事馆，树荫下站满了人，都是等着办签证的人。

还有一年夏天去西双版纳，走进橡胶林，看人割胶。在林子里走远了，不见割胶人，树深寂静处，听到头上噼里啪啦的声响，不知道是什么，看到有落下来的果壳、种子，才知是橡胶树的蒴果完熟，在枝头崩裂掉落发出的声音。

在古格，四千多米海拔，见到一棵曼陀罗，本不稀奇，我却让司机停车，叫全车的人下来去看，讲蒙汗药的故事。

去斯里兰卡的菩提寺，见到大菩提树，随信徒赤脚去提水给树浇水，但当时我并不确信这棵菩提树与佛陀的关系如此之近，后来才知现在菩提伽耶的那棵大菩提树也是源自于此。

在日本一庭院听讲解员讲解贝多罗树，虽然觉得其错认了南北植物，但得知日本邮政之"〒"符号源于贝多罗树的树形，获益匪浅。

在台湾地区专门打车去一个湿地公园看水笔草，司机都不敢相信，费那么大劲去这么偏僻的一个小小的公园，不值。但十年后我在深圳再见红树林里的水笔草，觉得那次行程让我有了一点攀谈湿地保护的资本。

这么多年，出门只是看花。但要是不看花，我也不知道还有什么可看。只要上帝不关这扇窗，我绝对找不到别的门。绝处才能逢生，但我仍倘徉在花海。大风大浪袭来之前，只要着眼于身边事，就没有什么绝处，反而处处生机。

花草之外真要还有什么欢喜的东西，也都藏在花草之中。心怀猛虎，细看蔷薇，我大概就是这样一个看花人。

图书在版编目（CIP）数据

俱是看花人 / 李叶飞. -- 长沙：湖南美术出版
社，2024.9. -- ISBN 978-7-5746-0475-9

Ⅰ. I267

中国国家版本馆CIP数据核字第2024MR7608号

俱是看花人
JU SHI KAN HUA REN

李叶飞　著

出 版 人	黄　啸	
出 品 人	陈　垦	
出 品 方	中南出版传媒集团股份有限公司	
	上海浦睿文化传播有限公司	
	（上海市万航渡路888号15楼A座　邮编200042）	
责任编辑	王管坤	
美术编辑	祝小慧	
责任印制	王　磊	
出版发行	湖南美术出版社	
	（长沙市雨花区东二环一段622号　邮编410016）	
印　　刷	深圳市福圣印刷有限公司	

开本：889mm×1230mm　1/32　　　印张：10.5　　　字数：120千字
版次：2024年9月第1版　　　　　　印次：2024年9月第1次印刷
定价：88.00元

如有倒装、破损、少页等印装质量问题，请联系：021-60455819

PR 浦睿文化
INSIGHT MEDIA

出 品 人：陈　垦
出版统筹：胡　萍
监　　制：余　西　于　欣
编　　辑：朱可欣
装帧设计：祝小慧
营销编辑：狐　狸

投稿邮箱：insight@prshanghai.com
新浪微博@浦睿文化